冒険がしたい創造スキル持ちの転生者

Bokenga Shitai Sozo-skill Mochino Tenseisha

著 Gai　ill. みことあけみ

ラム
ゼルートの従魔。
最強クラスのドラゴン
雷竜帝ラガールの娘。
ラーム
ゼルートの従魔。
「吸収」と「強奪」の
スキルを持つ
スライム。
ゲイル
ゼルートの従魔。
武人のような性格の
リザードマン。
ゼルート
本編の主人公。
転生して貴族の息子に
生まれるが、
将来は冒険者を
目指している。

主な登場人物
Main Character

ガレン
ゼルートの父親。
元Aランク冒険者
にして、
現在は男爵。

レミア
ゼルートの母親。
かつては煉獄姫と
呼ばれる冒険者だった。

目次

序章　神様とご対面

目の前に広がる白い世界。ここはどこなのか、なぜこんな場所にいるのか。その場に一人佇《たたず》む少年の頭には、疑問が溢《あふ》れかえっていた。

「それは、儂《わし》が答えよう」

少年の目の前に、威厳のある老人が現れた。

老人の背中には、翼が生えていた。

そんな老人の姿を見て、少年に一つの予想が生まれる。

「あんた、神様ってやつか？」

「ほう、いきなり儂《わし》のことを言い当てるとは……お主なかなかやるではないか」

「いや、最近こんな感じの流れで始まるライトノベルを読んでいるんだ」

少年が近頃ハマっているライトノベルの冒頭は、真っ白の世界で目を覚ますことが多い。

だから、少年にとって目の前の現状は、すぐに理解できるものだった。

「ほうほう、そうかそうか。やはり人間は面白いものを作るのう」

神様は一人勝手にうんうんと頷《うなず》く。少年はなんとなく事情を察しているものの、それでも彼に現在どうなっているのか説明してほしかった。

その思いが顔に出ていたのか、神様は唐突に我に返る。

「ぬ、すまんすまん。お主には、今の状況を説明しなければならなかったのう。まあ簡単に言うと……」

と、なぜかここで言葉を溜《た》める。簡単に言うとなんなのか。早くしてくれと、少年は心の中で急かす。

「死んでしまったんじゃよ、お主は」

やっぱりそうなのか、と少年は思った。

なぜ死んでしまったのかは、今までの生活にそこまで未練がない少年にとって、どうでもよかった。

だから、すぐに気持ちを切り替えることができた。

「それで、俺はこれからどうなるんだ？　このままあの世行きになるのか？」

「まあまあ待て、落ち着け。そう急かすでないわ。まず、お主には二つの選択肢がある」

「……その選択肢とは？」

「お主が先程言った通り、このままあの世に行って永遠の眠りにつくか、それともお主の生きていた世界とは違う世界で、新たな人生を送るか。お主がいた世界でいう転生というやつじゃな」

まさに予想していた展開。少年の胸は高鳴った。

だが、まず確認しておきたいことがある。

「質問が三つある。なんで俺は転生できるんだ？　そして、俺が転生する世界はどんな世界なんだ？　最後に、その世界には俺以外にも転生者がいるのか？」

一番目と二番目はそこまで大切ではない。しかし、三番目は、少年にとってとても重要だった。転生できること自体は嬉しいが、転生した世界が原始時代や魔法などがないただの中世のヨーロッパみたいなところだったら、このままあの世に行く方がいいように思える。

「まあ、当然の質問じゃな。一番目の質問に関しては、転生のシステムルールだからと言うべきじゃろう。その世界の死者が十億人出るごとに、十億人目の死者を転生者に選ぶのじゃ。お主がちょうどそれでな」

そう聞くと、少年は自分が凄《すご》く幸運なのだと分かった。

「それで、二つ目の質問については安心してよいぞ。お主が行くのはファンタジーな世界だからのう。お主が存分に楽しく冒険できる世界じゃ。ちょっと厄介事《やっかいごと》があるかもしれんがな」

少年は最後の部分は聞かなかったことにし、前半の部分だけを頭に入れた。

(ファンタジーな世界、かあ……一口にファンタジーって言っても多くの世界があるけど、やっぱり面白そうだな)

少年が心を躍《おど》らせていると、神様は三つ目の質問に答える。

「そして三つ目の質問じゃが、それも安心してもらってかまわん。一つの世界に転生者は一人だけじゃ」

神様の答えを聞いて、少年はホッとする。

自分以外にも転生者がいたら、楽しみが半減すると思ったからだ。

「聞きたいことはもうないかの？」

「ああ、もう十分だ。俺を異世界に転生させてくれ」

「そうか、それではお主を転生させるとしよう。おっと、忘れるところじゃった。これから新しい人生を送るお主に、二つほどプレゼントをしよう」

神様からのプレゼントとなると、とても高級そうに感じられる。

一体どんなプレゼントなのか……少年はその答えがすぐにでも知りたかった。

「その二つはどんなプレゼントなんだ？」

少年が質問したら、神様はニヤリと楽しそうに笑った。

「それは、転生してからのお楽しみというものじゃろ」

「……それもそうだな。それじゃ、頼むよ」

「うむ、二度目の人生じゃ。後悔せぬようにな。では、そなたによき未来があらんことを」

神様がそう言うと、目の前が光に覆われ、少年の意識が沈みはじめた。

(そうだな、この二度目の人生……後悔しないように楽しく生きよう)

第一章　こんにちは異世界

光を浴びてからどれくらい経ったのか。少年は意識を取り戻したが、目を閉じていることもあり、周囲の状況が分からなかった。

しかし徐々に目を開けていくと、視界から情報が入ってくる。

「お、目を開けたぞ、レミア！　いや～～、これは、将来俺に似て、いい男になりそうだな」

「ええ、そうね。確かにガレンみたいな男前になりそうね。でも、女たらしなところは似ないでほしいわ」

「う、それはその………すまん」

「ふふ、冗談だから、そう落ち込まないで」

転生したということは、最初に目に映る二人の男女は両親なのではと少年は思っていたが、どうやらそれで当たっているらしい。

父親らしき人物は、イケメン、というよりはナイスガイな見た目をしている。

そして母親らしき人物の方は、転生前の日本で出会ったら、高校生だと思ってしまうほどに若く、綺麗《きれい》な容姿をしていた。

「う～ん、将来は騎士の道か……いや、長男のクライレットがいるんだ。俺たちのように、冒険者もありだな。そうなると、十二歳になったら冒険者の学校に入学させた方がいいな」

まだ生まれたばかりだというのに、十二年も先のことを考えるのが、この世界の常識なのか……と、少年は驚くが、それは勘違いである。彼の父親が考えすぎているだけだった。

「あなた、気が早すぎるわよ。どんな道を進むのかは、ゼルートの意志次第よ」

少年の新しい名前は『ゼルート』だった。

その名に少年は……いや、ゼルートは、そこそこ満足していた。

（ゼルートか。父親は金髪で母親は赤髪と、どう見ても日本人ではないし、服装からしてもここは西洋風の異世界みたいだから、横文字は当たり前だろうし、なかなかカッコいい名前で安心した）

前世の記憶があるから少し中二病くさく感じるが、この世界ではこういった名前が普通にちがいない。そう思えば、ゼルートもそこまで恥ずかしさを感じない。

（にしても、俺の父さんはなかなかに子煩悩《こぼんのう》みたいだな。あと、二人とも冒険者だったのか。前世よりも、才能に血筋が大きく関係する世界なら、俺には強くなれる可能性があるかもしれない）

ゼルートが転生した世界には、魔物という人々を襲う凶悪な生き物がいる。

そんな魔物を倒すのが、騎士や冒険者だ。

（騎士は……なんか堅物が多そうなイメージだから遠慮したいな。目指すは冒険者かな……うん、まだ赤ちゃんだからか、また眠くなってきた）

襲ってきた眠気に身を任せ、ゼルートは眠りについた。

◇

ゼルートが、この世界に転生してから一年が経った。

たった一年、されど一年。意識はしっかりとあるが、ほとんど自分では何もできないという、ゼルートにとってなかなか退屈な一年であった。

だが、そんな中で、ゼルートは自分が置かれている環境を大体把握《はあく》した。

ゼルートの父親であるガレン・ゲインルートは元冒険者であり、しかもそこそこ有名な存在であった。

その中で残した功績により、国から男爵位と領地を貰《もら》い、貴族の仲間入りをする。

まだゼルートには、それがどれほど凄《すご》いことなのか分かっていないが、それでもそう簡単にはなれるものではないのは、なんとなくだが理解した。

そして、ゼルートには兄と姉がいる。

兄はクライレット、姉はレイリアという。

何度かゼルートの部屋に来て、相手をしてくれた。

ただ、相手をしてくれたといっても、差は一、二歳差なので、一緒にじゃれていると表現した方が正しい。

そんな、自分ではほとんど何もできないゼルートのマイブームは、母親のレミアかメイドのローリアに魔法関連の本を読んでもらうことだった。

ちなみにローリアは犬の獣人である。彼女を初めて見たとき、ゼルートは自分でも驚くほど、激しく興奮したことを今でもはっきり覚えている。

興奮しすぎてつい欲望丸出しの心の声が口から漏れてしまった。だが、赤ちゃんで声帯が発達していなかったので、何を言ったのかローリアは聞き取れなかったらしく、首を傾《かし》げて、どうしたらいいか困っていた。

本による知識のおかげで、この世界の魔法がどういったものなのかも大体理解できた。

基本は、詠唱を行《おこな》ってから魔法の名前を言えば、魔法が発動する。

もちろん、無詠唱というのもあるらしい。

ただ、魔法は誰でも扱えるわけではない。才能が必要だ。

ゼルートの場合は、両親のレミアとガレン、どちらも魔法を使えるので、自分も使えると期待していた。

実際、魔法や魔力という単語を聞いてから、自分の力でどうにか体内にある魔力を感じ取れたので、体の外に出そうとしたら、思いのほか簡単にできてしまった。

以降、ゼルートは毎日寝る前に、体の中にある魔力を全て外に出してから寝ることにした。

体内の魔力が空《から》にしてから寝ると、高い負荷をかけた筋トレのように魔力総量が徐々に上がるのと、ぐっすり眠れることに気づいたからだ。

まさに一石二鳥である。

◇

今日は、母親のレミアが実際に魔法を見せてくれるというので、家の庭に来ている。

赤ちゃんのゼルートが身振り手振りで、魔法を見てみたいと必死で訴えたところ、熱意がなんとか通じたのである。

（やっぱ実際に見てみたいんだよ！！！　簡単な魔法の名前とかなら分かるけど、どんなのか具体的には分からないからさ）

そんなわけで、父親ガレンは領主としての仕事が忙しいらしく、暇なレミアが魔法を見せてくれることになった。

「よ～～し、ゼルート。ママがあの岩に魔法を当てるから、しっかりと見ておくのよ」

（はい！　もちろんです！！！）

ゼルートは心の中で元気良く返事をする。

そして、メイドのローリアに抱っこされながら、レミアをじっと見つめた。

「よし……我が手に集いし火球よ、敵を撃て……ファイヤーボール!!」

レミアの手から直径二十センチくらいの火球が勢いよく飛び出し、前方にある岩にぶつかると、半分ほど溶かしてしまった。

（うん、やっぱりこう……なんというか心が躍《おど》るな！！　……んん？　ちょっと待てよ。ファイヤーボールで木を燃やすなら分かるけど、岩って普通燃えるものだっけ？？？）

そんなゼルートの疑問に対して、心を読んだかのようにローリアが説明する。

「ゼルート様、奥様はもの凄《すご》く強い魔法使いなのですよ。そこら辺の魔法使いが岩にファイヤーボールを放っても、あのように溶けたりはしないのです」

一般的な魔法使いがファイヤーボールを使っても、木々を燃やすことはできるが、岩を溶かすことはできない。

一般的な魔法使いにはできないことができるレミアの息子ということで、自分にも魔法の才能があるのでは、とゼルートの期待がさらに高まる。

「あうあうふお～い」

と、まだ上手く喋《しゃべ》れないが、ママすご～いとレミアに伝える。

すると、ゼルートの言葉を理解したらしく、レミアはさらに気合いを入れて次の魔法を見せてくれようとする。

「ありがとうゼルート。そうよ、あなたのママはもの凄《すご》いんだから。よ～し今度の魔法は……」

だがそれは、ローリアの言葉によって遮《さえぎ》られた。

「奥様、そろそろ夕食の時間になるので、お戻りになられては」

「え～～～、もうそんな時間なの、ローリア？　もう少しぐらいいいじゃない」

レミアは、ゼルートにもっと自分の凄《すご》いところを見せたいので駄々《だだ》をこねたが、ローリアは許さなかった。

「駄目です。さあ、あまり遅いと旦那様が心配してしまいます。早く戻りましょう」

もう少し魔法を見たいという気持ちがあるゼルートも、父親のことを考えて我慢する。

（それにしても、俺も早く剣や魔法を使って魔物を倒したりしてみたいな。でも……うん、やっぱり無詠唱は早く覚えたいな。詠唱がかっこ悪いと思っているわけじゃないんだけど、やっぱり前世の感覚が残ってるからちょっと恥ずかしいしな）

そんなことを思いながら、みんなで美味《おい》しい夕食が待っている家へと戻った。

◇

さらに四年経ち、ゼルートは五歳になった。

これまでの間に、強くなるためにゼルートが表立ってできることはほとんどなかった。強《し》いて言えば、本を読んだり、体を少し動かしたり、魔力の操作の訓練ぐらいだ。

ただし、そんな中でも魔法に関しては着実に上達している。どの程度かは分からないが、ゼルートにも魔法の才能はあったのである。

ゼルートは、両親や使用人たちにバレないように、こっそり練習していたのだ。

すると、まだ初級魔法ばかりだが、基本属性の火、水、風、土、雷が使えるようになった。

そして、無魔法というオリジナルの魔法を造っている。これは簡単に言うと、属性に頼らず、魔力そのものを使用する魔法である。普通はこんなことできないようなのだが、ゼルートにはなぜかできた。理由はいつか分かるだろうと、深く考えてはいない。

おまけに、無詠唱も使えるようになった。しかし、全ての魔法に詠唱が必要でなくなったわけではなく、十分習熟したと思える魔法のみである。だから、いまだ扱いが難しいと感じている魔法は、引き続き詠唱が必要である。

とはいえ、全てが順調というわけではない。

火から雷までの基本属性以外の属性魔法も使えるようになろうと頑張《がんば》っているが、まだ習得できていない。魔法の才能があっても、そちらの方はそう簡単に習得できないらしい。

また、ゼルートにもついに…………友達ができた！！！

その喜びようは尋常《じんじょう》ではなかった。人が見たら、きっと彼がおバカになってしまったと思ったことだろう。それほど嬉しかったのだ。

ただ、それは彼の境遇を考えると、仕方ないことだった。まだ幼いので、家の庭ぐらいなら一人で遊んでいても大丈夫だが、領主の息子という立場ゆえ、屋敷の外に遊びに行くことは許されていなかった。街中《まちなか》を歩くときも、必ず誰かがついていたため、友達を作る機会などなかったのである。

そんなある日、ゼルートは両親と執事のレントとともに王都に行くことになった。そこにある教会で神の『お告げ』を聞くためだ。

この世界では、五歳になると教会で神のお告げを聞くことができる。お告げで分かるのは、自身のステータス、持っているスキル、才能、仕事や魔法の適性だった。

一度お告げを聞いてしまえば、その後は自分でステータスを出せるようになる。

そして、自分が『ギフト』を持っているかどうかも分かる。ギフトとは先天的に所有しているスキルのことで、通常のものよりも強力であったり、特殊である場合が多い。

ただし、誰もが持っているわけではない。持たない者の方が多いとされている。

ゼルートはお告げのことを知ったとき、絶対に自分にはギフトが二つあると確信していた。

なぜなら転生の際、神様が二つプレゼントをくれると言っていたが、今までそれらしいことはなかったので、ギフトこそがプレゼントであると考えたからだ。

「さあゼル、これから王都の教会に行くわよ」

「分かったよ、母さん」

玄関にいる母親に呼ばれたゼルートは、急いで彼女のもとへ向かう。

そして、母親と手を繋いで、馬車へと乗り込む。

前世を含めると、精神年齢は二十歳を超えており、ゼルートは親と手を繋ぐことを少し恥ずかしく感じるが、前世では母親に良い印象がなかったため、ちょっと嬉しいとも思っていた。

「ゼルはガレンと私の息子だから、きっと凄《すご》いスキルを持っているはずよ」

「うん！　とっても楽しみだよ、母さん!!」

これは、ゼルートの本音だった。

前世でゲームや漫画、ラノベに出てくる特殊な能力にもの凄《すご》く憧《あこが》れていた。神様がくれたのがギフトなら、それはもうとんでもないもののはずだ。期待しないわけがない。

そんな期待を募《つの》らせるゼルートを乗せた馬車は、王都へと進んでいく。

しかし……ゼルートは今、退屈で仕方がなかった。

(最初の方は景色を楽しめたりもしたんだが、それも飽《あ》きてきた。王都まで一週間かかるらしいけど、今日で四日目……せめて、ゲームのリバーシブルぐらい作っておけばよかったな。スマホや漫画なんて贅沢《ぜいたく》は言わないから、トランプぐらい欲しい……)

「ふふ、随分と退屈そう、ゼルート」

レミアの言葉に、ゼルートは少しむくれた。

「仕方ないじゃん。外の景色はずっと一緒だし、何もすることがないからつまんないよ」

レミアたちが近くにいるから、魔法の練習をすることもできない。

すると、彼女が魅力的な提案をしてくれた。

「そうね……それじゃあ王都に着いたら、何かゼルートの欲しいものを買ってあげるわ」

「母さん、それ本当!?」

レミアの言葉に、ゼルートはちょっとテンションが上がった。

まだ五歳ということで、剣の練習そのものは最近始めさせてもらったものの、木剣しか使わせてもらっていない。

だから、本物の剣が欲しいな~と最近思っていた。しかし、真剣が欲しいと話しても反対されるはずだと、言わないでいた。

「ええ、本当よ。でも、あんまり高いものはダメよ」

「うん、分かったよ、母さん」

楽しみができたので、少しは退屈を我慢できるかもしれない。

(真剣がどれだけ高いのか分からないけど、業物《わざもの》とかでなければ大丈夫なはずだ)

ゼルートが王都に着いてからの楽しみを想像していると、馬を操っている執事のレントがガレンを呼ぶ。

「旦那様、大変です！」

「どうしたんだ、レント。魔物か!?」

レントはすぐに状況を伝える。

「はい、ワーウルフが五体です！」

レントの言葉を聞いたガレンは勢いよく馬車から飛び出し、迎撃に出る。

「よし、ゼルート、父さんの戦いぶりをしっかりと見てろよ！！！」

「はい！！！」

ガレンのテンションがいつもより高いことに、ゼルートは気づいた。

その理由は単純で、我が子に自身のカッコいい姿を見せたいからだった。

レミアは、ガレンを若干《じゃっかん》あきれ顔で見ている。

「しっ！！！」

ガレンは長剣を右手に持ち、ワーウルフに向かって走り出す。

陸上選手なんて比べものにならないほどの速さ。ゼルートはしみじみと、ここが異世界なのだと感じる。

ガレンはまず向かってきた一匹の噛《か》みつき攻撃を躱《かわ》し、首と胴体をスパッと切断する。

そして二匹が同時に飛びかかってくると、長剣を横に振りぬいた。

直後、長剣から風の刃が飛び出し、二匹のワーウルフを横に真っ二つにしてしまう。

残りの二匹はガレンに敵《かな》わないと思ったのか逃げようとした。だがガレンはそれを見逃さず、ゼルートが全く目で追えない速度で二匹を斬りつける。二匹の首が地面に落ち、続けて体もまた崩れ落ちた。

「父さん、すっごい！！！」

戦いを見ていたゼルートは、思わず大きな声を出してしまった。

（いや、本当に凄《すご》かった。これまで魔物との戦いを見たことがなかった俺にとっては、驚きと感動の戦いだった）

最後のガレンの動きは、ゼルートからすればまさに風のようだった。

そのガレンは、息子に褒《ほ》められたのがよほど嬉しいのか、強面《こわもて》イケメンフェイスを崩してニヤニヤしている。

「そうだろう、ゼルート！　まあ、父さんの真の実力はワーウルフぐらいじゃ発揮できないけどな」

ゼルートはそれはそうだろうなと思っている。ガレンが過去に、一流と言われている、Aランクの冒険者として活動していたのを知っていたからだ。

（魔物の図鑑に、ワーウルフは群れると強いが、単体だとそこまで強くないと書かれていた。だから、父さんの真の実力は、あの程度の魔物では見せられないのだろう。それにしても……本当に凄《すご》かった）

◇

それから三日が過ぎ、ようやく王都に着いた。ゼルートが初めて目にした王都は予想していたよりも遥《はる》かに大きかった。

（あれだな、田舎の人がいきなり新宿や渋谷に来たときの心境みたいなものか。当たり前だけど、店や人の多さも尋常《じんじょう》じゃないな）

ガレンが治める領地ではあまり見られない亜人も、たくさん歩いている。

そんなふうに王都の凄《すご》さに圧倒されているゼルートに、ガレンが息子の緊張を解こうと話しかける。

「どうしたんだ、ゼルート。あまりにも王都が強烈で言葉が出ないか」

「はい！　なんというか……王都はとても凄《すご》いところなんだね、父さん!!」

「そうだろう、そうだろう。ここにはお前の知らないものがたくさんあるぞ！」

ガレンはゼルートが喜んでいるのが嬉しいのか、いつもより声が弾んでいる。

「なんであなたがそんな自慢げに語っているのよ、まったく。さあ、まずは教会に行くのよ。観光はそれから」

「よし。それじゃあ、行くとするか」

「とっても楽しみです!!」

四人は教会に向かう。

ゼルートはギフトが二つあることをほとんど確信している。そして、それが戦闘で役立つものであることを強く望んでいた。そうすれば、将来冒険者として活躍できるからだ。

「それにしても、ゼルートはどんなギフトがあるんだろうな。やはりクライレットやレイリアと同じで、攻撃系のギフトかもな」

「あなた、まだギフトがあると決まったわけではないのよ」

「いいや、俺とレミアの子供なんだ。いいギフトを持っているはずだ」

「もう、あなたったら」

レミアがガレンにデレデレな表情を見せる。

(あ〜〜……砂糖を吐きたくなるくらいに甘い二人だな。甘すぎて、コーヒーも欲しくなってきた。というか、子供の前でそういう会話はしちゃ駄目だろ。そうじゃなかったら、どうするんだよ)

ガレンとレミアに悪気はない。しかし、ギフトの有無や傾向は両親や祖父の遺伝が関係あるとはいえ、必ずしもその通りのものを持っているというわけではない。

(いや、でもマジでギフトを持ってなかったら、ショックのあまり泣きに泣いて、死ぬまで引き

籠《こも》ってしまう自信がある)

　自分をこの世界に転生させてくれた神様を信じてはいる。……だが、改めて考えると、そんな不安が頭をもたげる。

「着いたぞ、ゼルート。ここが教会だ」

　ゼルートが色々と考えているうちに、目的の教会に到着していた。

(建物の外観は、前世で見た教会とあまり変わらない気がするな。でも、少々派手ではあるかな?)

　王都の教会は、ゼルートが想像していたよりも派手だった。

　それもそのはずで、王都は多くのものが国内の他の街と比べて優《すぐ》れている。

　それを分かりやすく見せつけるために、建物の外装には力を入れている。

　もちろん、内装も手を抜かずに作られている。

「おや、ガレンさん、お久しぶりですね」

　教会の中に入ると、奥から五十代半ばの優しそうな人という印象の神父がやって来た。

「お久しぶりです、クラートさん」

「お久しぶりです」

　ガレンに続いて、レミアが挨拶《あいさつ》をする。

「レミアさんもお久しぶりですね。以前お会いしたのは、レイリアちゃんのときでしたか」

「そうですね。今回は次男のゼルートが五歳になったので、お告げを聞きに来ました。ほら、ゼルート。ご挨拶《あいさつ》を」

（父さんたちが世話になっている人なのかな？　それなら、しっかり挨拶《あいさつ》した方がいいよな）

ゼルートは両親に恥をかかせないように深く頭を下げた。

「初めまして、ゼルート・ゲインルートです。今日はよろしくお願いします」

「これはどうもご丁寧に。この教会の神父、クラートです。いやはや、さすがガレンさんたちのお子さんですね。クライレット君やレイリアちゃんと一緒で、礼儀正しいですね」

「そうでしょう！　なんて言ったって、俺とレミアの子供ですからね!!」

クラートの言葉に、ガレンは自慢げに胸を張って答える。

当のゼルートは……親として子供を自慢したいのは分かるものの、精神はすでに大人であるため、恥ずかしいという気持ちの方が強かった。

「ほら、あなたもクラートさんも、お話をするのはいいですけど、ゼルの用事が終わってからにしてくださいね」

「それもそうですね。それではこちらに」

クラートはそう言うと、ゼルートたちを普段は使われていないらしい奥にある部屋の前まで案内する。

「ガレンさんたちは少々お待ちを、それではゼルート君はこちらに」

「はい、分かりました」

ゼルートがクラートについていこうとしたら、ガレンとレミアが声をかけてきた。

「報告を楽しみにしているぞ」

「あまり緊張しないで、気楽にいきなさい」

レミアの言葉はゼルートにとってありがたいものだったが、ガレンは少々プレッシャーになった。

だが、気を取り直してクラートの後に続いて目の前の部屋に入る。そこは、ゼルートが思っていたよりも飾りけのない部屋だった。

ただ、中央に女の人の像がある。

(あれが、この世界の神様なのかもしれないな)

「それではゼルート君、この像の前で祈りを。ギフトがあれば、そのスキル名が頭に浮かんできますからね」

「はい!」

(さ〜て、頼むぞ〜。この結果で人生が決まるといっても過言じゃないからな)

祈りはじめてから少しして、ゼルートの頭の中にある言葉が浮かんできた。

創造
鑑定眼S

創造と鑑定眼S。それが、ゼルートが与えられたギフトだった。

ちなみに、鑑定眼Sのスキルを有している者はこの世界で数えるほどしかおらず、創造に至ってはゼルートしか有していないスキルだ。

（創造と鑑定眼か。うん、どっちもよさそうなスキルだな。それじゃあ、そろそろ目を開けて…………）

無限の努力
憑魔《ひょうま》

ゼルートが目を開けようとしたとき、もう二つ、スキル名が頭に浮かんだ。

これも、ギフトである。通常のスキルは、お告げを聞いたあとにステータスを開かないと確認できないからだ。

（あれ？　…………………なぜに四つ？？？？　無限の努力と憑魔《ひょうま》か…………………なんで、もう二つあるんだ？？？）

鑑定眼Sと創造以外にもギフトを持っていたのは嬉しい。嬉しいのだが……ゼルートとしては、完全に予想外の展開だった。

（ん〜〜〜…………あっ、そうか、そういうことか!!　じゃなきゃ説明つかないもんな。このもう二つのギフトは、俺がこの世界に転生するときに、あの老人の神様がくれたものなんだ）

あの神様だけでなく、この世界の神様もギフトを二つくれた。

そうでなければ納得できないので、ゼルートは無理矢理そう決めつけた。

（創造と鑑定眼はなんとなく分かるけど、無限の努力は…………努力し続ければどこまでも、身体

能力が上がり続けるのかな）

得た四つのギフトの中で、鑑定眼Sと創造と無限の努力は、どういった効果を持つのか、ゼルートにもなんとなく分かる。だが、憑魔《ひょうま》というスキルはどういった効果があるのかいまいち想像できなかった。

（もしかしたら……モンスターの力を自分の身に宿す……的な効果か？　それならかなり強力なスキルだな。……っと、スキルについて考えるのもいいけど、そろそろ目を開けないとな）

目を開けると、先程見た神様の像があった。

「ゼルート君、目を開けるのが随分と遅かったですが、体に何か異変でもありましたか？」

そばで見守っていたクラートが、心配そうに声をかける。

「大丈夫です。考え事をしていたので、目を開けるのが遅くなってしまいました」

「そうでしたか。異変がないようで何よりです。ところでギフトはありましたか？」

クラートの問いに、ゼルートはにっこりと笑って答える。

「はい、とてもいいギフトを持っていました」

「そうですか。それはよかったですね」

クラートは自分のことのように嬉しそうに笑う。

その反応に、ゼルートは彼がいい人であるという印象をさらに強める。そして、今のやりとりで一つ気になったことを尋《たず》ねる。

「クラートさん、どんなギフトだったかは聞かないんですね」

ゼルートの質問に、クラートは慣れた様子で答えを返す。

「人にギフトについて聞くのは、基本的にマナー違反ですからね。覚えておいた方がいいですよ、ゼルート君」

まだまだ一般常識が身につけきれていないゼルートにとって、これは知っておかなければならない情報だった。

（へ～、確かに相手のギフト……人によっては知られたくない情報を聞くのはよろしくない、か）

「それではそろそろ戻りましょうか」

「はい」

ゼルートはこのとき、早速クラートに対して鑑定眼のスキルを使ってみた。

クラート　53歳　レベル32
職業　神父　元Cランク冒険者
ギフト　短剣術上昇率小
スキル　短剣術レベル6　棍棒術レベル3　投擲《とうてき》術レベル4　気配察知レベル4　罠解除レベル5　火魔法レベル3　水魔法レベル2　土魔法レベル3

（へ～なかなかのステータス……なのか？　基準を知らないからちょっと分かんないな。てか、冒険者から神父に転職ってありなのか？　かなり生活様式が変わって大変だと思うんだけどな）

実のところ、クラートのステータスはなかなかのものであり、習得しているスキルのレベルを考えれば、十分ベテランと呼べる域に達している。

さらにゼルートは、ガレンとレミアの元に戻る前に、自分のステータスも確認した。

ゼルート・ゲインルート　5歳　レベル0
職業　貴族の息子
ギフト　創造　鑑定眼S　無限の努力　憑魔《ひょうま》
スキル　剣術レベル2　身体強化レベル2　火魔法レベル2　水魔法レベル2　風魔法レベル2
土魔法レベル2　雷魔法レベル2　氷魔法レベル2　光魔法レベル2　闇魔法レベル1　無魔法レベル3

（これは…………まずい、ひじょ～～～～～～～～にまずい!!）

クラートのステータスしか見たことがなくても、自身のステータスが五歳児ではありえないことだけはゼルートにも理解できた。

そして、彼が自分のステータスのことを考えているうちに、目の前には両親がいた。

二人はゼルートが戻ってきたのが分かると、早速近寄ってくる。

「おっ、戻ってきたか。さてさて、どんなギフトを持っていたんだ、ゼルート」

「あなた、まだギフトを持っていると決まったわけではないのよ」

絶対にゼルートにはギフトがあると確信しているガレン。レミアはそんな夫に注意している。

その様子を見たクラートが口を開いた。

「レミアさん、安心してください。どうやらゼルート君は、無事ギフトを持っていたようですよ」

それを聞いたレミアは、ホッとした表情になる。

決めつけてはいけないと注意しつつも、レミアもゼルートはギフトを持っているだろうと思っていたので、実際その通りだったことが分かって安堵し、また嬉しかった。

「それならよかったわ。ゼルートがギフトを持っているか少し心配だったのだけど……でも本当によかったわ」

「いや～さすが俺の息子だ!! それで、どんなギフトだったんだ？」

ガレンは期待に満ちた目でゼルートに尋《たず》ねる。

(うっ、あんまりそんな目で見てほしくないんだけどな……内容的には大喜びすると思うんだけど。でも、あんまり人目があるところで、言っていいものでもない気がするからな)

ゼルートとしては、ガレンやレミアには伝えてもいいと思っている。だが、クラートやそこかしこで働いている他の神父たちには知られない方がいいと考えていた。ゼルートのギフトに関する限り、その考えは間違っていなかった。

「いや、あの……」

「どうしたの、ゼル？」

「ギフトに関してなんだけど……あまり人目があるところでは言えないと思って……」

ガレンとレミアとクラートだけでなく、他の神父たちも足を止め、ゼルートを不思議そうに見た。

ゼルートが後から聞いた話によると、お告げを聞いた子供たちは、大抵親にその内容を自慢するらしい。聞くのはマナー違反だが、自分から話す分には問題ないのだろう。

今回のゼルートのような態度を取るのは、王族の子や、公爵家などの貴族でも爵位の高い家の子供のみ。

子供ながらいつも冷静沈着な兄のクライレットも、このときばかりはとても喜んでいたという。

「それはステータスの方も、なのか？」

「はい……」

自分のステータスを思い出し、ゼルートは頷《うなず》く。

「そうか…………うん!!　やっぱり、さすが俺の息子だな！！！」

ガレンの予想外の返事に、ゼルートはつい変な声を出してしまった。

「へぇ？？？」

「そんなに凄《すご》いギフトとステータスだったのだろう？」

その問いに、ゼルートは若干《じゃっかん》戸惑いながらも答えた。

「う、うん。結構凄《すご》いと思います」

「なら、そんな顔をすることはない！　もっと胸を張って、それを誇るくらいの態度でいろ!!」

「そうよ、ゼル。もっと喜んでいいのよ」

レミアも嬉しそうに言う。

（…………そうか、俺は考えすぎていたのか）

子供でも大人でも心が躍《おど》る能力を手に入れたのだ。ここは素直に喜ぶべきだろう。はしゃいだところで何もおかしくない。

「よし！　それじゃあ、用事も終わったし、王都の観光に行こうか!!」

「そうね。ゼル、約束した通り、欲しいものを買ってあげるわ」

「母さん、本当に!?　やったーーーーーっ！！！！」

（うん！　やっぱり親から何か買ってもらうってのは、嬉しいものだな）

こうして、執事のレントも入れた四人で、王都の観光が始まる。

精神年齢が青年とはいえ、ゼルートも初めて見るものには当然興味が湧《わ》き、飽《あ》きない時間であった。

（まあ、母さんの服やアクセサリーの買い物にもつき合わされたんだけどな。父さんもゲッソリしていた……）

そして観光の途中で、ゼルートは刃引きがされていない鉄の剣が欲しいとガレンにねだった。

ガレンは少し渋《しぶ》い顔をしたが、レミアは何も言わない。

レミアが黙っていることから、これについて彼女はすでに了承しているのだと、彼は悟った。

そのため、少し悩みはしたのだが、仕方ないなといった表情で許可を出す。

こうしてゼルートは前世も含めて人生で初めて、本物の真剣を手に入れた。

男として真剣ほど心が躍《おど》るものはなく、家に帰るまでゼルートのテンションはマックスであった。

ゼルートたちが王都から家に帰って数日が経った。

その間はこれといった出来事はなかった。ただ、ゼルートはあることを鑑定眼で知り、かなり驚いている。

王都から家に帰る途中でも、ガレンが襲ってきた魔物をあまりにも簡単に倒すので、鑑定眼Sを使ってステータスを覗《のぞ》いてみたところ……開いた口が塞《ふさ》がらなくなるほどに凄《すご》かった。

ガレン・ゲインルート　25歳　レベル73
職業　領主　元Aランク冒険者
ギフト　剣豪　剣術上昇率大
スキル　剣術レベル10　槍術レベル7　短剣術レベル6　二刀流レベル8　盾術レベル5　魔剣術レベル8　身体強化レベル7　投擲《とうてき》術レベル6　火魔法レベル7　水魔法レベル5　風魔法レベル7――
二つ名　旋風を纏《まと》いし剣豪　神速の騎士

かなり上等なギフトとスキルを有している。

魔力の総量はステータスに映らないのだが、ランクSの鑑定眼を持つゼルートには大体の量が分かった。

（魔力量なら、もしかしたら父さんを超えてるんじゃないかと思ったが、そんなことはなかった）

ガレンのステータスがこれほどまでに高いのならば、レミアも相当な高ステータスなのではないかと思い、すぐに確認してしまった。

レミア・ゲインルート　25歳　レベル60
職業　なし　元Aランク冒険者
ギフト　基本属性魔法攻撃力大　短剣術上昇率中
スキル　短剣術レベル7　棍棒術レベル5　身体強化レベル4　気配感知レベル6　罠感知レベル6　料理レベル5　裁縫レベル4　火魔法レベル10　水魔法レベル8　土魔法レベル8　風魔法レベル7　雷魔法レベル7　闇魔法レベル6　獄炎魔法レベル4――
二つ名　煉獄姫《れんごくひめ》

レミアのステータスも尋常《じんじょう》じゃないほどに凄《すご》かった。

感じられる魔力量も、生まれてから今まで意識的に増やし続けているゼルートの五倍以上はある。

（獄炎魔法なんて初めて聞いたわ！　あれか、火魔法レベル10まで上げてさらに使い続けると使えるようになる魔法とか、そんな感じか？）

とりあえず、ゼルートは二人がとてつもなく高い実力を持っていることを知った。

なお帰宅してからガレンに、冒険者になるなら、十二歳になったら冒険者の学校に入った方がいい、と言われた。

けれどゼルートとしては、十二歳になったら、そのまま冒険者になりたかった。

(そのために必要なものはあと七年もあれば、自分で揃えられるだろうしな)

——そんなふうにかなり先のことを家の庭で考えていると、ゼルートは自身に近づいてくる足音を耳にした。

「ゼルート、こんなところにいたのか」

やって来たのは、ゼルートの二歳上の兄であるクライレットだった。

クライレットの見た目は、漫画とかに出てきそうな生徒会長のイメージにぴったりであり、さらに期待を裏切らないイケメンである。

クールな見た目だが、ドライというわけではなく、とても優しい。

「どうしたんですか、兄さん？」

すると、クライレットは真剣な顔でゼルートに質問する。

「母様から、ゼルートは魔法使いの才能があると聞いたが、それは本当か？」

予想外の質問だったので、ゼルートは少々驚いた。

(自分のことを才能があるって言うのは、なんか嫌なんだよな。それに、スキルレベルは決して高いとは言えないから、正確なところは分からないし……。だから、曖昧《あいまい》に返しておこう)

「確かに、母さんと魔法の練習をしたりするけど……どうしたの、兄さん？」

「実は、ゼルートに頼みたいことがあってな」

（ほ～それは珍しい。クライレット兄さんは、子供ながらに自分のことはほとんど自分でやってしまうからな）

大抵のことはあっさりできるようになってしまうので親としては寂《さび》しい、とレミアはたまにゼルートに愚痴《ぐち》っていた。それをゼルートは、息子に愚痴《ぐち》る話題ではないと思ったが、毎回うんうん頷《うなず》きながら聞いていた。

そんなクライレットが、弟であるゼルートに何かを頼むのである。

「僕に魔法を教えてほしいんだ。使えないことはない。だが、それほど威力はない。いずれは父さんの跡を継ぐ。なら、今のうちから少しでも強くなって損はないと思ってな」

（は～クライレット兄さんらしい考えだな。でも、なんだかそれだけじゃないような気がするんだよな……）

ゼルートはクライレットの瞳を見て、そう感じた。

「それにな……」

「それに？」

「ほら、あと三か月ほどしたら、王都で貴族の子供たちのお披露目会《ひろめかい》があるだろ。そのときに他の貴族の子供たちに舐《な》められたくないんだ」

（ああ～そういえばそんなのがあったな。確か、七歳になる年に開かれるんだっけ）

ゼルートの記憶は正しい。この国には、その年に七歳となる貴族の子供たちと彼らの親が王城に招かれ、パーティーが開かれる。子供たちをお披露目《ひろめ》するとともに同年代の貴族の子女同士で仲を深めさせようという目的だ。

そういった頼みなら喜んで引き受けよう、とゼルートは決めた。

「いいですよ。早速、広い裏庭に行きましょうか」

「そうだな。よろしく頼むよ」

裏庭に行ったゼルートは、クライレットにどうすれば上手く魔法が使えるかを話しはじめた。

「えっとですね……まずは、魔力量を多くする方法を教えたいと思います」

「うん、よろしく頼む。っと、質問なんだが、魔力量はレベルが上がったときにしか増えないものではないのか？」

「確かにレベルが上がったときにも魔力量は増えます。ですが、他にも方法があるんです」

「それは興味深いな。是非教えてもらおう」

久しぶりに興味津々《しんしん》といった様子の子供らしい顔になっている兄を見て、ゼルートはクライレットもやっぱり中身は子供なんだと安心する。

「この方法は、寝る前にやってください」

「え？　寝る前に？　今とかじゃなくて、寝る前の方がいいのか？」

「はい！　魔力量が増加するうえに、これをやると、もの凄《すご》く眠くなり、ぐっすり眠れて一石二鳥なんです！」

「その、一石二鳥というのはいまいち分からないが、すぐに寝られるというのはいいことだな」

「そうでしょう！　では、方法を教えますね。今回に限り見てますので、今やってみてください」

「ああ！」

結果を言えば、クライレットはすぐに体内の魔力を全て放出する方法を習得した。

（まあ簡単に言えば、魔力をすべて体の外に出して、限界が来たなって思ったときに、もう少し頑《がん》張《ば》って残りの魔力をひねり出すって感じだからな。魔力操作が圧倒的に下手くそでない限り、できないことではない）

しかし、この方法を簡単に理解するクライレットなら、次の段階である、脳内のイメージを利用して、魔法を無詠唱で使うやり方も理解できるかもしれないと期待する。

（とはいっても、魔力の放出に成功してしまったため、兄さんは寝てしまったので、次の段階に入るのは明日だな）


翌日、予定通りクライレットの指導を再開する。

「では次の段階に入りますね」

「ああ」

次にクライレットに教えるのは無詠唱についてだ。

だが、彼がゼルートのやり方を理解してくれるかは分からない。

（なにせ、俺が教える無詠唱のやり方は、こちらの世界のことを調べる限り、本来のとは全然違う

ようだからな。まあ、兄さんならなんとか理解してくれる……はずだ）

「次は無詠唱について説明します」

「無詠唱をかっ⁉　というか、ゼルートは無詠唱が使えるのか⁉」

クライレットは、今までゼルートが見たことがないくらい驚いている。

だがそれは無理もないことだった。無詠唱は、魔法使いが喉から手が出るくらい欲しがるのに、簡単に習得できる技術ではないからだ。

「ええ、できますよ。そうですね……では、あの岩に向かってファイヤーボールを撃つので、見ていてくださいね」

「あ、ああ。分かった」

「では……ファイヤーボール！」

ゼルートの掌《てのひら》で生まれた直径二十センチほどの火球は、岩に向かってまっすぐ飛んでいく。

そして、岩の表面を少し溶かして消えた。

「こんな感じです。どうですか？」

「…………」

クライレットは口をポカーンと開けたまま動かない。

（そんなに俺が無詠唱を使うことがおかしいのだろうか？）

ゼルートは、自分があっさり無詠唱を習得していたので、調べはしたもののそれが高等技術だということをあまり理解していなかった。世間的にはクライレットの反応の方が正しいのである。

「兄さん、大丈夫ですか？」

「あ、ああ。大丈夫だ。にしても…………ゼルートは凄《すご》いな」

「そうなんですか？」

「そうだ。普通は魔法の才能がある者でさえ、魔法を覚えはじめてから十数年も訓練を積んで、やっとできるようになるものなんだ」

「なるほど」

（まあ、この世界のやり方……魔法の本質を理解し、魔法を使うまでの過程も理解し、そこから先も……と、色々覚える方法だったら、長い時間が必要になるのも当たり前か。俺からすれば、もう少し頭をひねって考えろよって思うけどな）

ゼルートの思いもあながち間違いではない。基本的に、魔法の才能がある者が覚えるスキルではあるが、戦闘技術全般にセンスがある者ならば、戦いの中で感覚で無詠唱のコツを掴み覚えてしまう場合もある。とはいえ、非常に稀《まれ》な話だった。

「でも大丈夫ですよ。僕のやり方を真似《まね》すれば、兄さんもすぐにできるようになりますよ」

「本当か！」

「はい。本当ですよ」

もの凄《すご》く嬉しそうな顔をする兄の表情に、ゼルートはそんなに無詠唱を使えるようになるのが嬉しいのかと不思議に思う。だが実際のところ、子供のうちから無詠唱を習得した者など、歴史上でも数えるほどしか存在しない。

「兄さん、まず自分の魔力は全部心臓にあると考えてください」

「心臓に、か」

「はい。それから、心臓を中心に血管が全身に広がっているのをイメージしてください」

この世界の医学は、ゼルートの前世と比べて発展していない。だが、これくらいは知られていた。

（……なんて考えている俺も、そこまで大した知識は持っていないんだけどね）

無詠唱に繋がる考えすら、本当に正しいのか分からない。

「つまりそこから、心臓にある魔力を、血管を通して掌《てのひら》から出すイメージをするということか」

「そうです！　さすが兄さん！　この『イメージをする』というのが、魔法にとっては重要なんですよ」

（ちょっと説明しただけで俺の言いたいことが分かるとか……これが、一を聞いて十を知るというやつか）

「そんなことはない。こんな方法を思いつくゼルートの方が凄《すご》いよ」

「ありがとうございます。それでは実際にやってみましょう」

ゼルートの思っていた通り、クライレットにも才能はあり、最初は少し苦戦していたが、すぐに無詠唱を使えるようになった。

そして、ゼルートが応用として球体だけでなく、矢や槍といったように魔力の形の変え方を教えると、二時間ほどでそれもできるようになってしまった。

そのあたりでクライレットの魔力量がほとんどゼロになり、一旦休憩《きゅうけい》を取る。

のんびり休憩《きゅうけい》していると、クライレットがゼルートに気になっていたことを尋《たず》ねた。

「ゼルート、攻撃魔法の威力も、イメージによって変わるのか」

（……一を聞いて十を知るどころか、二十ぐらい知っちゃってるよね、これ。いや、ここまでの流れ的に分かったのかもしれないけど、やっぱり凄《すご》いことには変わりないな）

そこまで大幅に威力が変わるわけではないが、そのイメージができ、現実に生み出す魔法に反映できれば、実戦での勝率は変わるだろう。

「そうですよ。火ならより熱く。水ならより冷たく。風ならより鋭く薄く。土ならより硬く、どんな衝撃にも耐える壁だと。雷ならより速く全てを灰に変える閃光に、ってとこですね」

「なるほど…………イメージか、なかなか盲点だな。ゼルート、この方法はあまり広めない方がいいか」

（……まるで、広めてしまったらどうなるか分かっているみたいな言い方だな）

兄の頭のよさに、ゼルートはクライレットもまた自分と同じ転生者ではないのかと少々疑ってしまう。それほどまでに、クライレットの理解力は圧倒的だ。

「そうですね。今のところは広めないでおいてください」

「分かった。よし！　訓練再開といこう」

「そうですね」

こうしてクライレットは、初級魔法の無詠唱を五日で覚えてしまった。

（今度は、戦いの切り札になりそうなのを教えてみようかな）

その後、クライレットもゼルートほどではないが魔法の才があり、ゼルートが教える必殺技に関しても、難なく覚えてしまう。

◇

クライレットの魔法修行につきあってからしばらくして――

「ゼルート様、起きてください」

「う、ん……おはよう、ローリア」

「はい。おはようございます、ゼルート様」

（うん～～いつ見ても可愛《かわい》いな。ストレートの髪。キリッとした目。見た目はクールな美人って感じだけど、犬耳によって可愛《かわい》く見える）

もう何度も見ているのだが、それでも別の世界からこちらの世界に転生してきたゼルートにとって、獣人のローリアはいつも新鮮な存在だった。

そして、寝間着から着替えて食堂に行き、ガレンとレミアのラブラブっぷりを見せつけられながら朝食を食べる。

それが、毎朝の流れだ。夫婦の仲がいいのはよいことである。

ただ、ゼルートとしては、見ていて時々甘ったるくなるので、少しは自重してほしかった。

食後は自由時間だ。

「お父様、今日も遊びに行ってきます！」

「おう！　夕食の六時までには帰ってくるんだぞ」

「はい！」

「ゼルート様、昼食をお持ちください」

（おお！　さすがローリア。いつもありがたい）

毎日外に出て遊びに行くゼルートの昼食を作るのは、ローリアの日課となっている。

「ありがとう、ローリア！」

「いえ。では、お気をつけて」

「うん、行ってきます！」

貴族の子息であるゼルートだが、面倒な勉強をする必要はなかった。もちろん、爵位が低い男爵家だからということもあるし、次男であるということもあるが、大きいのはゼルートの将来の目標が冒険者であることだ。

ゆえに、ゼルートは毎日朝食を食べ終わると、よく夕食まで外に出て魔法や剣術の練習などを行《おこな》っていた。もちろん五歳児らしく、友達と遊ぶこともあるものの、こちらの方が頻度《ひんど》は高い。

もちろん隠れてやっているつもりなのだが、ガレンとレミアにはすでにバレていた。

たまに、レミアの魔法訓練に付き合うことがあっても、大抵は一人で行動することが多い。

そして今日は、鉱山へ向かっている。

ガレンが治める街から数十キロほど離れた場所に、誰も管理していない鉱山があると知った日から、ゼルートは何度もそこに行っている。

鉱山ではかなり価値のある鉱石が採掘できるのだが、いまだにその鉱山を管理しようとする者は現れない。

その理由は、鉱山の入口付近に、ブラッドオーガという鬼のような見た目をしたオーガの亜種が生息しているからだ。

オーガはCランクの魔物であり、腕力に特化している。

そんなオーガの亜種であるブラッドオーガは、Aランクに分類されていて、並みの冒険者では木《こ》っ端微塵《ぱみじん》にされてしまう。

ちなみに、魔物にしろ、冒険者にしろ、アイテムにしろ、S、A、B、C……でランクづけされており、Sに近いほど強かったり、品質がよかったりする。

だから鉱山には、迂闊《うかつ》に手を出すことができない門番が立っているに等しいのだ。

(本来、俺みたいな子供が挑むには無謀すぎる相手だったけど……俺ならではの方法で何とかなったよな)

それは創造スキルである。

このスキルは、頭に思い浮かべたものを、魔力を消費して生み出すというもの。ゼルートの知識が曖昧《あいまい》だったり、イメージがあやふやだったりすると、本物よりも質が悪くなる欠点はあるが、ありとあらゆるものが生み出せた。

オリジナルの魔法を作れたのも、このスキルのおかげだったのだ。

これをどう使ったのかと言えば……

そのブラッドオーガは人の言葉を話すことが可能だった。ゆえにゼルートはまずコミュニケーションをとってみることにした。結果、鉱山にいるせいか、食事に不満があることが分かった。

そこで、ゼルートは自分の前世の好物だった寿司やラーメンを渡した。すると、ブラッドオーガは大満足し、鉱山の中に入る許可をくれたのである。

ただ、料理を提供しただけで許可を貰《もら》ったわけではない。鉱山の中には魔物がいるので、強さの確認として摸擬戦をし、実力を見てもらったうえでの許可であった。

体長が三メートルから四メートルの間ぐらいのブラッドオーガだが、ゼルートが予想していたよりも速く、その模擬戦ではいい一撃を入れるのにそこそこ苦労した。身体強化というスキルと風魔法のフライを使用して、五歳児らしからぬ速さでもってようやく成功したくらいだ。

ちなみに、それらを駆使すれば、こうして鉱山までの数十キロもの道のりも難なく行き来することができる。

「お〜い。ブラッソ〜」

もう友達と言っていい存在となったブラッドオーガの名前を呼びながら、周囲を捜す。

「ゼルートカ、ドウシタンダ」

すると、ゼルートの後ろから黒い肌色を持つブラッドオーガ——ブラッソの声がした。

「鉱山に入るから、一応言っておこうと思ってね」

「ソウカ」

「んで、これお土産《みやげ》」

先程まで無表情だったブラッソの顔が、わずかだが期待に変わる。

「……コレハ、ナンテイウタベモノナンダ？」

「刺身ってやつだ。この醤油《しょうゆ》をちょっとつけてから食べてくれよ。なるべく早くな」

「ワカッタ。ソレトゼルート」

「なに、もっと必要か？」

「イヤ、ソウデハナイ」

基本的に無表情のブラッソだが、その表情からは真剣さが感じられた。

「コウザンノサンチョウニハ、カナリツヨイマモノガイル。オレナンテ、イッシュンデタオサレルクライノヤツガナ」

（それ、もっと早く言ってくれてもよかったんじゃないか？）

これまでも、山頂まで登ってしまいそうなときはあったからだ。ゼルートとしては、初めてのときに教えてほしい情報だった。

（おいおい、ブラッソってかなり強いんだぞ。油断していたら、俺が瞬殺されるくらいなのに。まさか竜種なんてことはないよな。まあ……行ってみないことには分からないか）

「情報ありがとな、ブラッソ」

「キニスルナ。ワレトオマエハトモ。ソウダロ」

「……そうだな」

面と向かって友達と言われたゼルートは、少々恥ずかしさを覚えるが、それでも悪い気はしなかった。

「んじゃ、行ってくるわ」

「シヌナヨ」

「そう簡単に死なねーよ」

そう返して、ゼルートは鉱山に入る。


鉱山に入ったのはいいが、かなりの広さがあるので、迷えばその日は出られないと覚悟しなければならない。かといって、すでに行ったことのある道を通っても、珍しい魔物や鉱物は見つからないから意味がない。

「無茶苦茶広いよな、ここ。迷ったら絶対に遭難確定だな」

迷ったとなったら、無理矢理壁に穴を開けて脱出することも可能だが、それだと鉱山に異常が発生するかもしれないので、とりあえず却下しておく。

「まずはレーダー。そしてマーキング」

レーダーは名の通り周囲を探れる魔法。今は込めている魔力が少ないので、魔物がいるかどうかしか分からないが、もう少し魔力量を増やせば、その魔物の大体の強さまで分かる。

マーキングも名の通り、自分の動いてきた道を示す魔法だ。今回はレーダーとあわせて使っているため、レーダーの図に線が引かれていく形だ。

「どんな魔物と鉱物が手に入るんだろうな」

行き止まりも含めて、なるべく全ての道を歩くように進むこと約一時間、ようやく鉱物らしい存在を発見したゼルートは、鑑定眼を使って調べる

その結果、鉄鉱石だと分かった。

多くの鉱山で見られる鉱石であり、武器の制作にも使われる。

(でもなんか……魔力を通してみたら、不純物みたいなものが混ざってるな)

「抽出」

これも、創造スキルによるものである。鉱石に含まれている不純物を塊《かたまり》の形で外に出せるのだ。

(おお、おお。なんか明らかに余分なものですって感じのものだな。とりあえず、これは捨て……いや待てよ。これはこれで使い道がありそうだな。とっておくか)

ゼルートは、先日自分で作ったマジックバッグに、球状にした不純物と採掘した鉄鉱石を入れる。

空間魔法という、習得できる者が非常に少ない魔法を、錬金術により普通のバッグに付与してアイテムバッグに変えてしまったのだ。

(アイテムバッグは、買うとしたら金貨何十枚もする。でも、狩りとかするときに便利だから欲しかった。そこで、普通のバッグに空間魔法を付与したらいけるのではと、実際にやってみたら……あっさり作れてしまったんだよな)

本来なら、高レベルの錬金術のスキルを持つ錬金術師が、慎重に作業を進めて作るもの。

さらに、本来アイテムバッグを作るのにはとある魔物の胃袋も必要なのだが……ゼルートはそれ

を使用せずに作ってしまった。もちろん、これは創造スキルを応用したものだ。空間魔法にしろ錬金術にしろ、ゼルートの現在のレベルでは難しい部分を、創造スキルで補ったのである。まさになんでもありだった。

(体術や剣術の成長速度も悪くないと思うけど、俺の才は完全に魔法に寄ってるみたいだな)

探索中に何度も魔物と遭遇《そうぐう》するが、拳や剣で撃退するときよりも、攻撃魔法を使用したときの方がスムーズに動けているところから、ゼルートはそう思った。

順調に鉱石を手に入れていき、中でも火炎石という少々珍しい鉱石も入手する。

(火炎石は主にランプの魔道具や、炎の魔剣に使われたりするので、是非欲しかったんだよな)

魔物に関しては、今のところ攻撃魔法一発で倒せるような魔物としか遭遇《そうぐう》していない。

ゴブリン、ゴブリンリーダー、ホブゴブリン、コボルト、コボルトナイト、そしてオーガ。

どれも五歳児が戦うような相手ではないのだが、多くの属性魔法を習得し、身体強化のスキルを使用する、ゼルートの敵ではなかった。

オーガはランクCの魔物。魔物の第二の心臓と呼ばれ、高価で素材としても色々と使い道のある魔石も、他の魔物のものと比べて大きいので、ゼルートは倒せて素直に嬉しかった。

そして本日の収穫は、コボルトナイトが持っていたランクDの長剣であった。

(ランクはDとあまり高いものではないけど、付属効果に速度上昇小とあったので、今度父さんの私兵の誰かにあげるか)

「よし、そろそろ帰るとするか」

ゼルートはレーダーの今自分がいるところにマークをつけると、マップから最短距離を選んで全速力で家に帰った。

◇

（よし、では今日も鉱山へレッツゴー！　……とはいかなかった）

なぜならば……出がけに友達四人に捕まってしまったからだ。

「ゼルート君、今日は何をして遊ぶの？」

「ゼルート！　今日は俺と剣術の練習をしようぜ！」

「ゴーラン！　そんなのあんた一人でやってなさいよ！　ゼル、こんなバカのことなんてほうっておきましょう」

「なんだとこの絶壁女！」

「だ、誰が絶壁よこのクソちび男！」

「なんだと～！」

「なによ！」

「まあまあ、二人とも落ち着いて。ゼルも止めるのを手伝ってよ」

（はあ～、なんでこんなことになったんだか）

ゼルートが街の外に出るときにレーダーを使っていれば、捕まることはなかった。

そして、少々寝坊助なゴーランは、この時間だと起きられない……はずだった。

（なんで、こんなときにかぎってゴーランが早起きしてるんだよ。いつもはかなりの寝坊助のくせに）

ちなみにこの四人――最初に声をかけてきたのがリル、その次がゴーラン、彼を注意したのはマーレルで、二人を仲裁しようとしたのがスレン――は、庶民ながらゼルートが一番遊ぶ友達だった。というか、基本的に一人行動しているゼルートには、友達は彼らしかいない。

リルはショートカットで、ほわわんとした可愛《かわい》らしい女の子。

ゴーランは短髪で、ザ・ガキ大将という見た目。あと、マーレルが言っていたように若干《じゃっかん》ちびだ。

マーレルはポニーテールで、クールな顔つきのしっかり者のお姉さんといった雰囲気《ふんいき》だった。

（というか、まだ俺たちは五歳なんだから、絶壁なのは当たり前だ。誰がゴーランに、絶壁なんて言葉教えたんだよ。子供にそんなの教えたらダメだろ）

そして最後に、ゴーランとマーレルの喧嘩《けんか》を止めようとしているのがスレン。今はまだ幼く愛嬌《あいきょう》のある顔つきだが、将来絶対に女の子にモテると、ゼルートは予想している。いや、同年代の女の子からはすでにモテはじめている。

「ゼル、お願いだから止めるのを手伝ってよ！」

「分かったから少し落ち着けよ、スレン」

「そ、そうだね」

（しかしなんで会えばこう……毎日喧嘩《けんか》するんだ？　あれか、好きな相手だから素直になれないってやつか）

二人が喧嘩《けんか》を止めるであろう言葉を思いついたゼルートは、早速それを口に出す。

「おい、そこの熟年夫婦。イチャイチャするのもいいけど、遊ぶんじゃなかったのか」

そんなある意味定番とも言えるセリフを聞いた二人は、ゼルートに向けて同時に否定する。

「誰がこいつと夫婦だ！」

「誰がこんなやつと夫婦よ！」

（おうおう、息ぴったりじゃないか。もういっそ婚約しちゃえよ）

喧嘩《けんか》するほど仲がいいという言葉があるが……それが本当に当てはまるのかは、もう少し時間が経たないと分からないので、少し先の楽しみだと思い、ゼルートは心の中でだけニヤニヤしていた。

「まあ、そんなことは置いといて、何するんだ？」

特に考えがあったわけではないらしく、四人が悩み出す。しばらくして、スレンが何か思いついたようで、提案してきた。

「ねえ、みんな。もう王都の教会に行って、スキルとステータスは分かったんだよね。だったら、魔法の練習とかどうかな」

「そうだな、そうしようか」

（ナイスアイデアだ、スレン）

他の三人もスレンの提案に大賛成だったので、魔法の練習を行うことに決定する。

魔法を使うため、街から少し離れたところにある空き地に移動した。

まず、一人ずつファイヤーボールを撃つ。

一番最初はリル。

「我が手に集いし火球よ、敵を撃て。ファイヤーボール！」

リルの手にソフトボールくらいの火球が生まれ、まっすぐ飛んでいく。

「ど、どうかな、ゼルート君」

リルがなにか期待した目でゼルートを見る。どんな期待がこもっているのか分からないが、素直な感想を返す。

「なかなかいいと思うぞ」

「ほ、本当に！」

「ああ、本当だ」

「やった！」

なぜリルがここまで喜んでいるのか、ゼルートは本当に理解できなかった。

今この場面を大人が見ていれば、その理由は一目で分かるのだが……前世では全くといっていいほどモテなかったゼルートにはさっぱり分からない。

「へっ、なんだ。そんな程度かよ、リル。俺が本当のファイヤーボールを見せてやるよ！」

次は、妙に自信満々のゴーランだった。

（…………絶対になんかやらかすな、こいつ）

「よ～し、いくぜ～！」

（あ～……嫌な予感しかしない俺はおかしいのだろうか）

急に爆発でもされたらシャレにならないので、ゼルートは自分とリルとマーレルとスレンを、魔力の結界で覆っていく。

（まあ、カッコつけようとして失敗するのがオチだろ）

どのように失敗するかまでは分からないが、それでもゴーランがファイヤーボールを成功させるイメージが全く浮かばない。

「我が手に集いし火球よ、敵を撃て。ファイヤーボール！」

ゴーランは無駄にかっこつけてポーズをとりながらファイヤーボールを出そうとするが、あまりにも魔力が集まっていない。

（これじゃあ、そもそもファイヤーボールを生み出す魔力が足りないんじゃないか？）

ぷ～～～。

なんと、力みすぎたゴーランの尻《しり》からオナラが出た。

「ぷ、はっ、はっ、はっはっはっはっ！！！　ゴーラン、あなた火球を出すんじゃなくてオナラを出すなんて……ぷ、ふふふふ。魔法の才能はなさそうだけど、笑いの才能ならあるんじゃないかしら」

「ぶっ、な、あっははは！」

マーレルの的確なツッコミに、ついゼルートも笑ってしまった。

（いや、あのギャグは……おっとっと、ギャグって言うのはゴーランに失礼だな。でも、あれは誰でも笑ってしまうだろ）

リルとスレンも、ゴーランにバレないように、顔を隠して笑っている。

「な、たまただ！　たまたま！　偶然失敗しただけだ！」

みんなに笑われたゴーランは、当然だが怒った。

「たまたまでオナラが出たりなんてしないわよ、ゴーラン。素直に自分には魔法の才能がないって認めなさい」

「なんだと！　お、俺の魔力量は結構多いんだぞ！！！」

（…………ゴーラン、ファイヤーボールを出そうとしたらオナラが出てしまったからって、そんな誰にでも分かるような嘘をつくなよ）

そもそも魔力量が多いなら、五歳児でもファイヤーボールを一発撃つくらい、どうってことはない。

性格からして魔法職向きではないと、前からゼルートは思っていたのだが、今回の件でそれが確信に変わった。

「ゴーラン、本当はまだほとんど魔力がないんじゃないか？」

そう言った瞬間、ゼルートはしまったと思った。

外見が子供に戻ったついでに、心も子供に戻ってしまったのかもしれない。

今のセリフを言ったらどうなるか……ゼルートは大体予想はできたはずなのに、口にしてしまった。

ゴーランは自分の嘘がバレたことと、先程あんなにカッコつけていたのに失敗してしまったことで、心配になるほど顔が赤くなっていた。

「だ、大丈夫だよ、ゴーラン君。これから練習すれば、きっと上手くなれるよ」

リルが慌《あわ》てて慰める。

(それくらいしか言えることないよな)

とどめを刺してしまったゼルートも、慰めの言葉をかけなくてはと思いつつも、何も言えなかった。

「そうか……そうだよな！　練習すれば上手くなれるよな！」

「う、うん。きっとそうだよ」

「やっぱリルは優しいな〜。それに比べてマーレルは……」

「なによ！　本当のことを言っただけじゃない！」

マーレルがすぐに突っかかってきた。

「だから、それが人の気持ちを考えられてないってことだろ！」

「なんですって！」

(あ〜〜あ。また喧嘩《けんか》が始まっちゃったよ)

ゴーランが言っていることは正しいが、今この状況でそんなセリフを言ってもダサいだけだ。失敗する前のセリフのせいで、余計にカッコ悪すぎる。

「よし、次は私の番ね！」

（マーレルは……特に問題はないと思うけど）

「我が手に集いし火球よ、敵を撃て。ファイヤーボール！」

マーレルの手からは、大きめの火球が生まれた。

そして、それをそこら辺にあった岩にめがけて放つ。

火球は一直線に飛んでいくかと思ったが、途中で地面に落ちてしまった。

「む、失敗してしまったわね」

「へ、なんだ。マーレルも俺と一緒で失敗したじゃないか！」

「あなたのオナラと一緒にしないでちょうだい！　というか、あなたのは失敗とも呼べないレベルのひどさじゃない」

「ぐはっ！」

マーレルの辛辣《しんらつ》な言葉が、ゴーランに大ダメージを与えた。

彼女の言葉はド正論なので、ゴーランは言い返すことができない。

「よし、次は僕の番だね」

（スレンか……なにか見してくれそうだな）

スレンもリルたちと同じ五歳だが、ゼルートはどこか他の子とは違うように感じていた。

「よし……」

（兄さんとまではいかないけど、スレンも子供にしてはなかなか頭がいいからな。何か面白いこと

をやってくれそうだな)

「我が手に集いし火球よ、敵を撃て。ファイヤーボール！」

スレンは、火球をそのまま岩に一直線には飛ばさず、一度急上昇させてから上から落とすように岩に当てた。

「へ〜〜〜〜…………なかなかやるじゃん、スレン」

ファイヤーボールをあそこまで操るには、ただ火魔法を習得しただけではなく、魔力操作のスキルも習得しないといけない。

(火魔法の才能の順番に並べるとしたら、スレン、リル、マーレル、ゴーランって感じだな。リルとマーレルに差はほとんどないな。ゴーランは…………まあ、ある意味規格外っつーか、想定外って感じだけどな)

ゴーランは……これから要練習といったところだろう。

「な、なあゼル。今度は、君のファイヤーボールを見せてよ」

マーレルとリルに、今の急上昇から急下降をどうやったのか、質問攻めにされていたスレンが、助けを求めるようにゼルートに要求してきた。

「そうだ！　俺たちはやったんだから、ゼルートもやれよ！」

スレンのファイヤーボールを見て落ち込んでいたゴーランが、急に元気になった。

(あ〜……この顔は、こいつは自分側だって期待してるな。そんなわけないだろって直接言ってやりたいけど……行動で見せる方が早いか)

岩の前に立ち、一回深呼吸してリラックスする。

「んじゃ、やるとするか」

スレンがただファイヤーボールを放つだけではなく、魔力操作で動きを加えたので、ゼルートも何かアレンジを加えることにした。

「我が手に集いし火球よ、敵を撃て。……ファイヤーボール！」

ゼルートは手に火球を生み出すも、すぐには放たない。火球を細い棒状に圧縮してからようやく放った。

（ああーー……これはもはや火球じゃなくて火槍……いや、ファイヤーピックって感じか？）

ファイヤーピックは岩に向かってまっすぐ飛んでいき……そして、衝突した瞬間に弾けることはなく、そのまま岩を貫いた。

その結果にゼルートが満足していると、三人が一気に駆け寄ってきた。

「ゼルート君！　今のどうやったの⁉」

「ゼル！　今のファイヤーボールはどうやって放ったのか教えなさい。いや、教えてください」

「ゼル、一体どうやったんだい？　是非教えてくれないか！」

リル、マーレル、スレンの三人とも、ゼルートにファイヤーピックのやり方を教えてほしいと迫る。

そんな中、ゴーランは一人だけまっ白に燃えつきている。

（ゴーラン……俺にどんだけ期待してたんだよ）

「別にそんな難しいことじゃないよ。ファイヤーボールを放つ前に、魔力操作で火球を棒状に圧縮して、貫通力を上げたんだ」

「……なるほど。攻撃の当たる面積が小さくなることで、一点の攻撃力と貫通力が高くなるということかい？」

「大体そんな感じだな」

「よ～し、では早速練習よ！」

「頑張《がんば》るぞ～！」

マーレルとリルが腕を振りあげてやる気を見せる。

こうして夕方まで、三人は魔力操作で火球を火槍に変える練習をした。

ゼルートは時々アドバイスしながら、自分の魔法の練習をしていた。みんなに見せても大丈夫な魔法に限るが。

ただ……約一名はずっと灰になったまま動かなかった。

結果、スレンは飛距離こそ短いが、ファイヤーピックを出せるようになった。

マーレルとリルはあと少しというところ。

そして、今日はオナラを出した以降ほとんど動かなかったゴーランは、マーレルに引きずられながら帰っていった。

（まあ、面白いこともあったし、こんな日も悪くはないか）

◇

リルたちと魔法の練習を行《おこな》った翌日、ゼルートは鉱山の探索に向かった。

「よしっ、今日はたっぷり探検するぞ」

早速レーダーを使い、前回マーキングした最短ルートで前回辿《たど》り着いたところまで走った。

途中、ゴブリンとコボルトと遭遇《そうぐう》するが、時間がもったいないので、さくっと倒して魔石だけを回収するに留めておく。

(小さい魔石でも、今作ろうとしてる魔道具には必要だからな)

そうはいっても、もちろん鉱物も回収していく。

そして、二時間ほど鉱山を探索してから一度外に出た。

今回の探索では、ゼルートが期待していたような鉱石を得ることができず、少々不満だった。

だが、オーガと何回か遭遇《そうぐう》できたので、そこまで悪くもない。

一番の収穫は、鉱山に落ちていた魔剣と鎧であった。あとお金を少々。

魔剣はフロストグレイブ。氷の魔剣でなんとランクＢ！

効果は、氷を操ることに加え、氷の魔法を使うときに多少だが補助をしてくれる。

付属の魔法には、氷の爪で斬り裂くアイスクロウがある。

斬るときに剣の両側に氷の爪が現れ、相手に三つの斬撃を与えるのだ。

(実際に使ってみると、なかなか使いやすかったな。これからのメイン武器はこれにしようか)

少々消化不良であったたし、まだ時間があったので、再び鉱山に入ったのだが、今度は思いのほか収穫が多かった。

鉱物はランクB～Cが多く採れた。

魔物も、リザードマンやたまに上位のリザードマン。それに、ロックバットやロックリザード。D～Cランクが多くいたが、本気で戦えばゼルートの敵ではない。

ランクCの上位のリザードマンにはそこそこ苦戦したが、それでも傷を負うことなく無事に討伐している。

（あらかじめ鑑定眼でステータスを見ていたから、魔法を使えるのは分かっていたけど……実際使われると厄介《やっかい》だったな）

だが、厄介《やっかい》な分、手に入れた素材や魔石の質はよかった。

このまま楽しさと多少の緊張感を保てそうなら、もう少し探索を続けようと、ゼルートは考えたが……そうもいかない事態となってしまう。

「そこの人間。少し待て」

（…………待てよ。この鉱山に人の気配はなし。今レーダーにかなり強い魔物の気配あり）

ゼルートはそ～っと後ろを向いた。

そこには侍のような佇《たたず》まいをしたリザードマンがいた。

ゼルートの本能が語りかける。目の前のリザードマンは、今まで倒してきたリザードマンとは別格の存在だと。

そして、鑑定眼を使用してこのリザードマンを調べた結果……Aランクの魔物という最悪なことが分かった。リザードマンの希少種である。

（いや、ブラッソと軽く戦ったことがあるから、なんとなくそうかなぁ～とは思ってたよ。でも実際に対峙すると……いや、戦うしかなさそうだよな。とても逃がしてもらえそうにないし）

「何か用かな、リザードマンさん」

「この鉱山にいたリザードマンを殺したのはお前か」

「……そうだよ」

「なるほど……まだ幼い子供と思って多少気を緩《ゆる》めていたが、そうもいかなそうだな」

（ちっ、ブラッソと一緒で、相手を侮《あなど》らないタイプか。厄介《やっかい》な相手だ）

油断してくれたら勝てる確率が上がると思ったが、目の前のリザードマンは瞬時にゼルートの実力を見抜き、気を引き締《し》めてしまう。

「逃がしては……くれそうにないな」

「ああ……」

ゼルートがAランクの魔物と戦うのは今回で二回目。しかし、ブラッソのときは軽い模擬戦だったので、ガチバトルは今回が初めてとなる。そこで――

「ふぅ～……オールアンロック」

両手両足、および胴体にかけている、複数の重力魔法を解いた。

男なら一度は憧《あこが》れるであろうこのトレーニング方法は、実に効果があり、ゼルートの素早さは一段階上昇する。

「そんで、ライトニングドライブ」

さらに追加で雷魔法の身体強化魔法を使って、より速さを強化する。

「用意ができたみたいだな」

「ああ……待たせて悪いな」

(本当にやばいな…………今日、俺は死ぬかもな)

対峙するのは、Aランクの魔物。

ゼルートがいくら前世からの知識を引き継いで、チートなスキルや才能を得ていたとしても、最初にぶつかる壁としてはデカすぎる。

なのに……そんな絶望的な状況にも拘《かか》わらず、ゼルートはにやけていた。

「人間、なぜにやけている」

「なんでかって？　……そんなの」

今まで生死を懸けた戦いというほどのものはなく、ゼルートは全力で戦えたことがなかった。

(そうだった。そうだよ。ずっと思っていたじゃないか。俺の使える力を全部使って全力で戦いたいって)

そんなゼルートの思いに応《こた》えるかのように、纏《まと》う雷が迸《ほとばし》る。

「今ここで、あんたと全力で戦えるからに決まってるだろ！！！」

「なるほど。どうりで幼くも強者であるわけだ。ならば、我も全力でいかせてもらおう」

数瞬の静寂ののち――

「……いっ、くぞおおぉぉぉぉおおおお！！！！」

ゼルートは体術スキルによる技――縮地を使って一気にマックススピードで迫り、魔力を纏《まと》わせたフロストグレイブで、希少種のリザードマンに斬りかかった。

戦いが終わった後に余力と魔力を残すつもりはなく、全力で斬り裂く。

だが、ゼルートの渾身《こんしん》の斬撃は、余裕というわけではなさそうだが、希少種のリザードマンにダメージを与えることなく甲高い音とともに受け止められた。

(リザードマンの筋力も凄《すご》いが、持っている剣もなかなかのものだな。多分魔剣の類《たぐい》か……)

「人間。本当に子供か？　この力、この魔力、我とさして差がないではないか」

「それは光栄だな」

「どんな人生を歩んだらそうなるのか……是非聞かせてもらいたいものだな」

「……この戦いが終わって、お互いに生きていたらな!!」

一旦距離を取り、体勢を整える。

(接近戦では、リーチの差で相手の方が圧倒的に有利だ)

身体強化を重ねがけしているとはいえ、自ら危険地帯には足を踏み入れず、まずは様子見として遠距離攻撃を放つ。

「ファイヤーランス！！！」

空中に蒼色の炎の槍を複数浮かべる。空気中の酸素を取り込んで火力を上げた、ゼルート特製のファイヤーランスだった。

それを一斉にリザードマンに放つ。

(相手にとって見たことのない魔法だ。いきなり回避や魔剣で斬り裂くなんてことはないはずだ――って、ええ⁉)

「はぁぁあああああ！！！！」

(うっそぉぉぉ………あれを斬り裂くとか……いや、よく見れば、俺と同じように剣に魔力を纏《まと》わせてる)

初見であるはずのゼルートのファイヤーランスを、希少種のリザードマンは見事に斬り裂いた。

だが、ノーダメージというわけではなかった。

「見たことのない魔法……魔剣で斬ったというのに、我の鱗を焦《こ》がすとは……」

ゼルートのファイヤーランスは、確かにダメージを与えていた。

しかしそれでも、たとえ魔剣を使っていたとはいえ、自身のファイヤーランスをあっさりと斬り裂かれたことに対して、ゼルートは驚きを隠せない。

(あの魔剣にはどんな効果が……単純に切断力が強化されているのか。まあ、その効果は半端なさそうだけど。それに風の付与効果もある……フロストグレイブ並みに上等だな)

あの魔剣で斬られては一発で切断されてしまうかもしれないと、危機感を再度持ち、構え直す。

「次はこちらから行かせてもらうぞ!!」

リザードマンが迫る。

(速いッ！！！)

「チッ！　クソが！」

ゼルートは魔法で迎撃するのが無理だと即座に判断し、自分も斬りかかった。

だが、さっきの斬撃とは一味違う。

相手の魔剣とぶつかる瞬間、重力の魔力を使ってフロストグレイブを重くした。

希少種のリザードマンは、先程のとは何かが違うと察知し、さっと後ろに下がった。

そのチャンスを逃さず、ゼルートはオリジナルの魔法を発動して、相手の動きを止める。

「ミラープリズン!!」

文字通りに鏡の檻《おり》。隙間《すきま》は全くない。

そして閉じ込めるだけでは終わらず、攻撃を加えていく。

檻《おり》の中に六つのレーザーが放たれる。

「ライトレーザー!!」

簡単な知識だが、鏡は光を反射する。そして、周りが全て鏡なら、光は永遠に反射し続ける。

ミラープリズンは五枚も重ねがけされており、そう簡単には壊されない。

(てか、簡単に壊されたら、ちょっとショックだ)

檻《おり》に入れてからすぐは反射し続けるライトレーザーに抵抗する声が聞こえてきたが、次第にその声が聞こえなくなる。

だが、ゼルートは気を抜かなかった。

突然、五枚も重ねがけされたミラープリズンが、あっさり真っ二つに切断されてしまった。

「そんな簡単にいかないよな、クソ！」

(でも一刀両断はないだろ。ていうか、やっぱりショックだわ。一応五枚も重ねたんだぞ。それを一太刀で切断とか……あの魔剣の効果と希少種のリザードマンの腕力……超ヤバヤバだな)

これで戦いは終わるかもしれない、そんなゼルートの淡い期待は文字通り叩《たた》き斬られた。

「なかなか珍しい魔法を使うな、人間。そこそこてこずったぞ」

「……参考までに、どうやって破ったのか聞かせてほしいな」

「簡単なことだ。痛みを我慢し、力をこめて叩《たた》き斬っただけだ」

「……解説ありがとさん」

(随分と簡単に言ってくれるな。ミラープリズンの強度はかなりのものだったはず。それに重ねがけも。それを簡単に……でも)

自分の手札がどんどん破壊されていく。そんな危機的状況の中でも、ゼルートの闘志は全く萎《な》えていない。

「そうこなくっちゃな！！！」

この状況で闘志が消えない自分に驚きつつ、ゼルートは戦いを楽しんだ。

二人の戦いは、かれこれ三十分ほど続いている。

ゼルートは、効果が継続する回復魔法――エターナルヒーリングを使っており、切り傷などは常に少しずつ治っている。

戦いの最中に、今が攻め時と思える瞬間は何度かあったのだが、そこでゼルートはあえて突っ込まずに、自作のポーションを飲んで魔力を回復する。この戦いでは、慎重さの方が重要だと思ったからだ。

（にしても……本当に強い）

心の中でついそう思ってしまうほどに、希少種のリザードマンは、ゼルートの五歳児にしてはチートすぎる力を撥《は》ね返していく。

意表を突こうとして奇襲をかけても強者の勘《かん》というやつで躱《かわ》すか防ぐかされ、多少ダメージが通ってもあまり効いていない。

避けられない距離で中級魔法――フレイムバーストを放てば、相手は魔剣に風の魔力を纏《まと》わせてかき消してしまう。

逆に風の上級魔法、テンペストスラッシュを放たれたときは、本気で焦《あせ》りを感じた。

一枚の風の刃だが、斬れ味が尋常《じんじょう》ではない。咄嗟《とっさ》に足の裏に魔力を溜《た》め、それを解放しつつ全力で横に飛んでいなければ、胴が綺麗《きれい》に裂かれていた。

しかしゼルートの猛攻に、希少種のリザードマンも内心では驚かされ続けていた。

そして、そんな戦いにも終わりが近づいてきた。

「なあ」

「なんだ、人間よ」

(俺は正直こいつを殺したくないと思った。というより、俺の従魔になってほしくなった。憑魔《ひょうま》のスキルを鑑定したときに、発動させる条件として、従魔、または召喚獣が必要とあったからだ。まあ……あとは個人的にこいつのことが気に入ったからっていうのもあるしな)

生死を懸けた戦いの最中にスカウトなど、第三者から見れば頭のネジが数本外れたクレイジー野郎としか思えない。

「あんたの勝利条件は、俺を殺すことだろ」

「ああそうだ。それは変わらん。お前も我と同じだろ」

「そこを変えてもらおうと思ってな」

「どう変えるのだ?」

「お前の魔剣が俺に触れずに、俺の剣があんたの急所に触れた場合……でどうだ」

「……それは構わんが、なぜそんなことをする」

生きるか死ぬか、殺すか殺されるかの世界で生きてきた希少種のリザードマンには理解できない提案だった。

(……正直に言っとくか)

自分でも阿呆《あほ》だなと思いながらも、ゼルートは相手の目をまっすぐ見すえて答えた。

「俺の従魔になってほしいからさ」

「…………ふ、ハハハハハ!! 面白いことを言うな、人間!!」

豪快に笑う希少種のリザードマン。今までのイメージから、あまり笑うようには思えなかったので、ゼルートは少々面食らってしまう。

「そんなにおかしいか？」

「今まさに殺しあっているのだぞ。なのに、勝負に勝ったら従魔になれと……これが笑わずにいられるか」

「やっぱりだめか？」

「いやかまわんよ……我に勝てばな」

（ッ!?　ここにきて一段とプレッシャーが強くなった。まだ強くなるのかよ。残りの魔力は……絞《しぼ》りカス程度だけど、それだけあれば十分か）

最後の最後で、今日一番の闘気を迸《ほとばし》らせる希少種のリザードマンに一瞬圧倒されるも、ゼルートはすぐに持ち直す。

そして…………お互いに同時に地を蹴った。

「ハァあああぁぁあああああ！！！」

「ウォおおおおぉぉぉおおおおお！！！」

二人ともこれが最後の一撃だと悟り、全力中の全力……一滴も力を残さないつもりで斬りかかった。

そこでゼルートは、今自分が使える最強の強化魔法を使った。

「疾風迅雷《しっぷうじんらい》」

強化魔法の中でもトップレベルの、疾風迅雷《しっぷうじんらい》を発動。

疾風迅雷《しっぷうじんらい》は、風と雷を同時に纏《まと》い、速度をメインに強化する魔法だった。

効果は身体能力の上昇、そして風と雷の魔法発動速度が格段に速くなる。

もちろん、魔力の消費も半端ではない。

今のゼルートの魔力残量を考えれば、五秒ほどしか持たない。

(でも……五秒あれば十分だ。勝利条件変えといてよかったよ)

ゼルートは、目にも留まらぬ速さでリザードマンに接近し、ぶつかる寸前で上に飛んで少量の魔力で残像を作り、後ろに回り込む。

そして……長かった戦いがようやく終幕を迎えた。

「チェックメイトだぜ、希少種のリザードマン」

希少種のリザードマンの首筋には、フロストグレイブの刃が添えられている。

もちろんゼルートは両足で立っている。ただ、フロストグレイブの刃はそのままではリザードマンの首に届かないので、刃先から氷の刃が伸ばしている。

「……我の負け……だな」

「ああ……俺の勝ちだ」

(ふ〜よかった。ここでいきなり斬りかかられたら本当に死ぬ。魔力ほとんどないし)

「これからは、お前が我の主《あるじ》というわけだな」

「あ、ああ。そういうわけだな」

自分から言い出したことだが、すっかり頭から抜けていたゼルートは、いざ希少種のリザードマンに主と言われると、普通に恥ずかしかった。

「これからよろしくな、ゲイル」

「こちらこそ、これからよろしく願う……我が主よ。して、ゲイルとは我の名なのか？」

「そうだ。呼ぶときにリザードマンだと、なんかよくないだろ」

「そうだな。その名に恥じない働きをいたします」

自身の主となったということで、希少種のリザードマン改め、ゲイルの口調は少々堅苦しくなる。

「主よ」

「なんだ、ゲイル？」

「これからは主の家で暮らせばいいのですか？」

「あ〜……ゲイルはしばらくここにいていいよ」

「？　主についていかなくていいのですか」

「ああ、俺は今五歳だが、十二歳になれば冒険者ギルドで活動することができるんだ」

「つまり、そのときに主の従魔としてついていけばよいのですか」

「そういうこと。もちろんそれまでにもここには来るし、ゲイルには色々覚えてほしいこともあるしね」

戦いが終わった後、ゼルートはゲイルに魔力総量の増やし方、いくつかの便利な魔法の習得の仕方を教えてから、ぶっ倒れそうなくらいの眠気を我慢しながら、帰り道を走る。

（今後の課題は……もう少し攻撃のパターンを増やすことだな）

戦いとは全く関係ないが、ゼルートは、十日後に王都の商人が来ることを思い出した。そこで、自作のポーションを売ろうと考えている。

自分で作ったポーションを鑑定してみたときに『ランクBの中』と記されていたので、そこそこ儲《もう》けられると思ったためである。

そこで、薬草をできるだけ採ってから帰った。

（…………しまった～、完全に憑魔《ひょうま》のこと忘れてた）

ちなみにゼルートは、家に帰ってから憑魔《ひょうま》を使わなかったことを思い出し、若干《じゃっかん》後悔した。

◇

王都の商人が街に来る日、ゼルートはリルと一緒に村の広場に向かっていた。

ガレンとレミアが冒険者時代に世話になった商人が、街ではあまり手に入らない調味料や服などを持ってくるので、特に主婦たちにとっては一大イベントとなっている。

（さて、そんな人に自作のポーションを売ろうと思っているのだが……多分買い取ってくれるよな）

作ったものは体力回復ポーションと、魔力回復ポーションの二種類があるが、体力回復ポーションだけを売ろうと考えている。

魔力回復のポーションに関しては、魔法の練習に使いたいので、自分用にとっておく。

（今作ってるあれはかなり魔力を使うしな……やっぱり売るのは体力回復のポーションで十分だな）

「ねえねえ、ゼルート君。ゼルート君は商人の人から何か買うの？」

「いや、俺は商人に買ってもらおうと思ってるんだ」

（塩や砂糖には興味があったけど、よくよく考えれば創造のスキルで作れるんだから、買う必要はない）

本当に便利なスキルを得たなと、ゼルートは心の底から思った。

「買うんじゃなくて売るの？」

「ああ、そうだよ」

「でも、何を売るの？　王都の商人さんだから、ちゃんとしたものじゃないと買ってくれないと思うよ……」

「俺は体力回復のポーションを売ろうと思ってるんだ。それならちゃんとしたものだろ」

「え、ポーションって、錬金術を使える人じゃないと作れないって本に書いてあったけど……もしかして、ゼルート君は錬金術が使えるの？」

「一応な」

「凄《すご》いね、ゼルート君！　この前ステータスとスキルを知ったばっかりなのに」

一般的には確かに凄《すご》いことだが、転生者であり、創造スキルを持つゼルートからすれば、そこまでもない技術だ。

「そういうリルだって、最近魔法の練習を頑張《がんば》ってるみたいじゃないか」

（みんなでファイヤーボールを見せ合ってから、俺の母さんに魔法の指導を受けてるらしい。母さんはなかなか才能があるって言って喜んでいた）

ファイヤーボールに関しては、四人の中でリルが一番安定して伸びており、その才能は確かなものだと言える。

（そう考えるとゴーランは才能がなさすぎるな。小さな火ぐらいは出るかと思っていたけど、まさかオナラが出るとはな……ある意味凄《すご》い、マジで）

「スレン君もゼルート君も凄《すご》かったから、私も頑張《がんば》ろうって思って」

「母さんは、リルも才能があるって言ってたぞ」

「そ、そうなんだ。えへへ」

リルは、ゼルートの母親であるレミアが元Aランクの冒険者であることを知っており、そんな彼女に褒《ほ》められたと知って非常に嬉しそうだった。

「リル、そろそろ商人のいる広場に着くぞ」

「そ、そうだね」

（……母さんに、リルは褒《ほ》めればもっと頑張《がんば》るタイプだよ、とでも言っておいてやるか）

そんなことを思いながら、広場に着くと……そこは戦場と言えなくもない状況となっていた。

「塩五袋ちょうだい！」

「砂糖を三袋お願いします」

「この服とこの服をください！」

「あ！　それあたしが狙ってた服よ！」

「早い者勝ちに決まってるでしょ！」

「おじさん、この木剣ちょうだい！」

相変わらず賑《にぎ》やかで繁盛《はんじょう》している。

商人も商品が飛ぶように売れるのが嬉しく、終始笑顔が絶えない。

商人のお手伝いさんは、若干怯《じゃっかんおび》えていた。

「じゃあ、ゼルート君、あたしも見てくるね」

「おう、行ってこい」

売られている商品には目もくれず、ゼルートはササッと商人――フーデルに声をかける。

「フーデルさん」

「おや、ゼルート君ではないですか。お買い物ですか？」

五十代ぐらいの見た目、そしてちょっと太ったおじさんが、こちらを振り返る。

「違いますよ。フーデルさんに買ってもらいたいものがあるんです」

「私に売ってほしいものではなく、買ってほしいものですか？」

フーデルはわずかに首を傾《かし》げた。

（まあ、五歳の子がこんなこと言ってたら、普通は不思議がるよな）

フーデルには、売り場から少し離れた場所に来てもらう。

(そんじゃ交渉開始といきますか。その前に、一応サイレントルームを使っとくか)

会話内容がバレると少々面倒なので、周囲には二人の会話が聞こえないように、結界に似た膜を張る。

「それで、私に買ってほしいものとは何ですか？」

期待半分、疑い半分といったフーデルの目に、ゼルートは特に怒りなどは感じずに話を続ける。

「俺が作ったものなんですが、これを買ってほしいんです」

そう言ってゼルートは、バッグから体力回復のポーションを出した。

「ほぉ、体力回復のポーションですか……む、これは！　なんと⁉　君が……」

(やっぱり分かるよな)

ゼルートの作ったポーションは、大体が『ランクBの中』や『ランクCの大』だった。

普通の錬金術師が作ったポーションは、ほとんどがEからCの小の間。

ゼルートのように『Bの中』や『Cの大』を作れる人もいるが、一つ作るのに時間と魔力がかかる。そのため、少しランクを下げた方が結果的に金になるので、ランクが高いポーションはあまり出回らない。

「どうですか？　買ってもらえますか？」

「え、ええ。是非買い取らせてもらいましょう。買い取り価格はそうですね……全部で金貨十枚でどうでしょうか」

（…………ああん？　こいつ今なんて言いやがった？　金貨十枚だと……相場の半分以下じゃないか。ぶっ飛ばしてやろうか。いや、そんなことやったら、正当な理由があろうと、めんどくさいことになるだろうな。チッ、まあこう言えば理解するだろう）

一気に沸点に達したゼルートだが、そのまま爆発しても無意味なので一旦冷静になる。

「フーデルさん」

「なんですか、ゼルート君」

「ご存じの通り、僕は領主ガレン・ゲインルートの息子です。領主の息子が、ポーションの価値を分からないとでも？」

ゼルートは軽く殺気を出しながら言った。

そうするとフーデルも気がついた……彼を騙《だま》そうとしているのがバレていると。

「ッ！　…………そうですね……それでは金貨十七枚でどうでしょうか」

（まあそれでもいいんだけど……もうちょい欲しいところだな）

「う～～ん、もう一声！」

「……分かりました。金貨二十五枚でどうでしょうか」

「うん！　それでいいですよ」

（最初からそうしとけばいいんだよ。そうすれば、俺の殺気を浴びることもなかったのに）

「はい！　ぴったり十個あります」

数はたったの十本。しかしその効力を考えれば、金貨二十五枚を払っても余裕で利益が出る。

「……ゼルート君は本当に凄《すご》いですね。熟練の錬金術師でも、そんなに簡単に作れませんよ」

フーデルは何人かの錬金術師と縁があり、多少話すこともあるが……その会話の中でも、ゼルートが売りに来たレベルのポーションを簡単に作ったという自慢話は、一切聞いたことがない。

「ゼルート君、できれば今後も、私の店にポーションを売ってくれませんか？」

「う～ん、僕が十二歳までならいいですよ」

「なぜ十二歳までなのですか？」

「十二歳になったら、冒険者になるからですよ」

「そうですか……では、それまではお願いしますね」

「こちらこそお願いします」

その後、多少の細かい取引内容を決めてから別れ、ゼルートはリルのもとへと戻った。

「あ、ゼルート君、どうだった？」

「うん、いい感じだったよ」

「そうなんだ～。あっ、ねえねえ、ゼルート君！」

「どうしたんだ、リル」

「こ、この髪飾り、似合ってるかな？」

「ああ、凄《すご》く似合ってるよ」

（お世辞《せじ》抜きで本当に似合ってるな）

前世のゼルートであれば、若気の至りもあり、すぐに告白していただろう。

そう思えるほど、髪飾りをつけたリルは可愛《かわい》さを増していた。

「ほ、本当に！」

「本当だよ。とっても可愛《かわい》いよ、リル」

「そ、そんなことないよ。でも……可愛《かわい》い……えへへ」

（ん～、なんか自分の世界に入っちゃってるな。もうポーションも売ってやることないし……鉱山にでも行くとするか）

まだ昼手前ということもあり、ゼルートは残念そうなリルと別れ、ダッシュで鉱山へと向かった。

そしてその途中、また新たな出会いが彼に訪れる――

◇

「よう、ブラッソ！　久しぶりだな」

「アア、ヒサシブリダナ、ゼルート。ソレデ、アシモトニイルスライムハ、ナンナンダ？」

そう、ゼルートは鉱山に着くまでに、スライムを従魔にしていたのだ。

「あ～……こいつは来る途中で出会ったんだ」

「…………ドウヤラ、フツウノスライムデハ、ナサソウダナ」

（そうなんだよ、こいつは普通のスライムじゃないんだよ。でなければ、従魔にはしない）

種族　スライム
名前　ラーム
スキル　吸収　強奪　酸レベル2　火魔法レベル2　水魔法レベル1

（……うん、やっぱどう考えても普通のスライムじゃないよね）

一般的なスライムが基本属性の魔法を覚えることはなく、ましてや吸収に強奪といったスキルを覚えることもない。絶対にあり得ない。

このスライムと対峙したとき、ゼルートもブラッソと同じく違和感に気づき、鑑定をした。

その結果、とんでもないスライムだと分かり、ものは試しと創造スキルで生み出したお菓子を与えてみたら……あっさり従魔になったのだ。

「話は変わるが、ブラッソ、前に言ってた、お前を瞬殺できる魔物って、どんなやつだ」

（ゲイルってわけじゃないよな。ステータスにそこまで差があるわけではなさそうだし）

今日は鉱山の山頂まで登ってみようかなと考えているゼルートは、一応その魔物がどんな個体なのか知っておきたかった。

「カミナリヲアヤツル、ドラゴンダ」

（……そ、そうきましたか）

ドラゴン、それは全魔物の中でトップに君臨する魔物であり、一番ランクが下の亜竜と呼ばれるリザードですら、Cランクの強さを持つ。

「アンシンシロ。ソノドラゴンハ、コウゲキサエシナケレバ、オソッテコナイソウダ」

「そ、そうか。それはよかった。情報提供ありがとな」

「キニスルナ」

ブラッソから情報を貰《もら》い、ゼルートは従魔にしたばかりのスライムのラームと一緒に鉱山に入る。

今回はいつもとは趣向を変えて進むことにした。

ラームのスキルに吸収と強奪があるので、まずはそれを利用できる形で魔物を倒していく。

強奪は相手の魔法と、魔物の持つ特性を奪うことができる。

吸収は、相手を文字通り吸収することによって、その魔物の姿に変化できるようになる。

(いくらなんでもチートすぎるだろ!!!)

確かに強い……場合によっては、ゼルートよりも強くなる可能性を秘めている。

そして、ゼルートの持つギフトと同じで、他人にバレてはいけないものだ。

(あと、それでは俺が戦う楽しみがなくなってしまうじゃないか!!)

そういうわけで、ラームには一緒に暮らしていけるように、人間相手には勝手に強奪や吸収を使ってはダメなど、色々とルールを作った。

知能はどうやら高いらしく、ゼルートの言うことを理解していた。

探索は順調に進み、この前ゼルートの従魔になった希少種のリザードマン——ゲイルに出会う。

「ようゲイル。元気か」

「これは主よ、お久しぶりです」

「久しぶりというほど日数は経っていないけどな。魔力量の方はどうだ。うまい具合にいってるか？」

「もちろんです！　魔力量はもうこれ以上、上がらないと思っていたのですが……主に教えてもらった方法ならば、まだまだ伸びそうです」

「それはよかったよ。ところで、ちょっと質問があるんだがいいか？」

「我に答えられることであればなんなりと」

「鉱山の入口にいるブラッソ……ブラッドオーガのことな、そいつから、この鉱山の山頂に雷を使うドラゴンがいるって聞いたんだが、それは本当か」

「本当です。雷竜帝ラガールというドラゴンがおります。確か、最強の竜種の一つとされています」

（思っていた以上に化け物みたいだな。なんだよ、雷竜帝って。名前からして強そうだし、中二病感満載だし）

　確かに、二つ名は中二病感満載だが、今のゼルートがどう足掻《あが》いても勝てないほどの実力を持っているのは確実だろう。

「ただ、こちらから攻撃しなければ、向こうからは攻撃はしないそうです」

（ブラッソも同じことを言っていたな。まっ、そんな一切勝ち目のない相手に挑むほど俺もバカじゃない。というか、さすがに五歳児で雷竜帝なんて物騒な名を持つドラゴンに勝てるかっての）

「そうか……とりあえず俺はもう行くよ。またなゲイル」

「はい！　またお越しください」

「ああ、もちろんだ」

こちらから攻撃しなければ問題ないのならと、ゼルートは山頂を目指して速度を上げていく。

さすがに鉱山の山頂に近づくにつれて、出てくる魔物もなかなか強い。

リザードマンはもちろん、ロックバットやロックリザード、ロックスライム。とにかく体が硬い魔物が多く存在する。

特にストーンゴーレムは防御力がCランクにしては、異常に高い。

攻撃力もそこそこ高いが、素早さは大したことはない。

魔力量に関してはほとんどないようなものだった。

しかし防御力だけは本当に凄《すご》く、ゼルートの通常の斬撃では傷がほとんどつけられない。

魔力を纏《まと》わせた魔剣でも少ししか傷つけられなかったので、ゼルートも最初は焦《あせ》ったが、ファイヤーランスの温度を最大まであげてから放つと、簡単に倒すことができた。

苦労も多かったが、その分得たものも多かった。

ロックリザードやストーンゴーレムの素材は防具を作るのにも使え、ロックバードは見た目が石の鳥だが、中身の肉と卵はとても美味《おい》しいとガレンが話していたので期待ができる。

もちろん、鉱物もなかなかいいものが採れた。

中でもよかったのが、火炎石とミスリル鉱石だった。火炎石は炎の魔剣を作るときに役に立つし、ミスリル鉱石はとてつもなく硬いのに軽く、魔力を通しやすい。少量しか採《と》れなかったが、とても大きな収穫だった。

ラームにもたくさん吸収と強奪をさせたので、多くのスキルを習得できた。

ちなみに、定位置はゼルートの肩の上である。

特にイレギュラーに遭遇《そうぐう》することもなく、順調に進み続け、現在ゼルートは山頂付近にいる。つまりもう少し上に行けば、雷竜帝ラガールがいるということだ。

(まだ姿が見えないのに、ここまで力が伝わってくる。その証拠に、ここら辺には魔物が一切いない。おかげで鉱石採り放題だったからよかったけどな。さてと……この先にいるのか……ここで引き返すのもありなのかもしれないけど、やっぱり気になるしな……よし!! 行くとするか!!!)

覚悟を決めたゼルートは、意を決して雷竜帝、ラガールに会いに行く。

◇

「よく来たな、強き人の子よ」

そこには口調は穏やかだが、絶対的な強者……とある本には暴力の化身とまで書かれた、恐るべきドラゴンがいた。

(前世では漫画やゲームでたくさん見てきたけど……本物はなんていうか、迫力が凄《すご》いな)

「強き人の子よ、名はなんという」

「ゼ、ゼルート・ゲインルートだ」

「そうか。ゼルと呼んでもかまわないか？」

「あ、ああ。もちろんだ」

（あれ、なんか思っていたより怖くない。というか……フレンドリーだな）

威圧感が消えたわけではないが、そこまで喋《しゃべ》りづらいというわけでもない
「私も名を名乗ろう。ラガールという。人間には雷竜帝などと呼ばれていたな」

（魔物にも呼ばれていますよ）

ラガールの名を知っている者は多い。ラガールがこの鉱山に来る前のこと、捕獲か討伐を試みた国もある。ただ、いずれも敗北し、ズタボロ雑巾《ぞうきん》にされたという。そのため、自業自得ではあるものの、ラガールのことを憎んでいる国も存在する。

「それで、私になんの用だ」

「用というほどのことでもないが、ここにとんでもなく強いドラゴンがいると従魔に聞いて、よかったら話せないかなと思ったんだ」

「お主の従魔というと……そこにいる特殊なスライムと希少種のリザードマン、名はゲイルといったか」

自身の従魔の種類と名を言い当てられてゼルートは驚くが、この山のボスであるラガールに鉱山内で知らないことはないのだろうと納得する。

「ふふ、そう警戒するでない。強い気配がしたので、お主のことを見ていたのだよ。お主とゲイル

の死合いはなかなかに見事なものだったぞ」

「……そんなことまで知っているなんて。けど、今はそんなことはどうでもいい。さっき言った通り、あんたと話をしたいんだが」

「そうだな。よければお主について聞かせてもらってもいいか」

「ああ、構わないぞ」

ゼルートは、自分がこの世界で体験したことを話した。

友達がファイヤーボールを放とうとしたら、火球ではなく、オナラが出たこと。ポーションを商人に売ろうとしたら、安い値をつけられたので殺気で忠告したところ、二倍以上の値段で売れたこと。両親が最近また夜の営みを始めて、妹か弟ができそうなこと――などを話した。

ラガールがよく笑ってくれたため、ゼルートにとっても楽しい時間を過ごすことができた。

そして話の途中、ゼルートはあることに気がついた。

「ラガール、なんで後ろの左後脚がないんだ？」

「ああ、これか？　やんちゃをしていた若い頃にやったものだ。勝負自体には勝つことができたから悔いはない」

(そう言ってるが、俺には悔いが残っているように思える)

特別不自由には見えないが、それでも瞳が少々寂《さび》しそうにしているのに気がつく。

「ラガール、もし俺が脚を元に戻せるって言ったら……どうする」

「それは是非治してもらいたいが……確か欠損部を治す魔法は、神聖魔法のスキルレベル7が以上でないと使えなかったと思うが……」

ラガールは、ゼルートに魔法の才があることをすでに見抜いていた。

しかし、さすがにこの幼さで神聖魔法を習得し、レベル7まで達しているとは思えなかった。

「神聖魔法なんて使わないよ。使うのは、俺オリジナルの魔法だ」

そう。ゼルートは神聖魔法は使えないが、創造スキルがある。欠損部を治す魔法をオリジナルで生み出そうとしていた。そして、できる自信があった。

「お主、オリジナルの魔法か……」

(そう簡単には信じてくれないか)

ゼルートだって、誰かに同じことを言われても信用できない。ましてや彼はまだ本当に子供なので、信用できない要素が多い。

「よし！　その魔法を私に使ってみてくれ」

「いいのか？　まだ会ってそんな時間が経ってない人間を信じて」

「お主が嘘をつくような人間でないことくらいすぐに分かる」

ド直球に褒《ほ》められるとやはり照れてしまい、頬《ほお》が少し赤くなる。

しかし初対面にも拘《かか》わらず、自分を信用してくれたラガールのためにゼルートは気合を入れ直す。

「分かった。じゃあやるぞ！」

「ああ、頼んだ」

(イメージするんだ、欠損部位周辺の細胞を使って脚を再生させるイメージを……焦《あせ》るな、ゆっく

り、時間はあるんだ）

「リバイブル!!」

ゼルートがオリジナルの魔法を唱えると、ラガールの欠損部位が光りはじめる。

そして、徐々に欠損部位から脚が生え……光が収まる頃には、左後脚は元通りになっていた
「おおお!!　これは！！！」

「どうやら……成功したみたいだな」

ほっとしたゼルートは、驚いているラガールに声をかける。

「脚は動くか？」

「あ、ああ。問題なく動く。しかし……ゼルは本当に凄《すご》いな」

「そんなことはない。ただ単に知識があっただけだ」

「謙遜《けんそん》する必要はない。知識なら誰でも得ようと思えば得ることができる。だがそれを実行するには、それ相応の努力がいる。だから、自分の努力にもっと胸を張ってもいいと私は思うぞ」

「そうか……」

今回ゼルートが成し遂げた魔法は、本当にゼルートのオリジナルであり、他人にできるものではない。

「そうだな、せっかく脚を治してもらったのだ。なにか恩を返さなければな」

「別に恩を返すなんてことはしなくても……」

「いや、そうしなければ私の気が済まない。そうだな……よし！　これではどうだ」

ラガールは、周囲に電気が走っている、魔力のこもった鉱石――魔鉱石を差し出した。

「これは……なんていう名の魔鉱石なんだ？」

「名は雷竜石というものだ。上位のドラゴンが棲《す》む地の周辺にある鉱石は、そのドラゴンの属性によって変化するのだ。魔剣や防具などにも使えて、なかなか役に立つと思う」

なかなかどころではなく、武器や防具やアクセサリーの制作において、十分すぎるほど役に立つ魔鉱石だ。

「そうか。それならありがたく貰《もら》っておこう」

「そうしてもらえるとありがたい。それともう一つ……」

「いや、もうこの雷竜石で十分だ」

（大きさもかなりのものだ。これだけでも脚を治した報酬《ほうしゅう》としては十分すぎる）

雷竜石の価値は、火炎石などとは比べものにならない。オークションに出品すればいい値段がつくだろう。

ただ、四肢の欠損を治した対価と考えれば、少々安い。

安いのだが……創造スキルを持つゼルートにとって、欠損治療もそこまで難しいものではない。

「そう言うな。というより、もう一つは、こちらからの頼み事みたいなものだからな」

「……それはどんなことなんだ？」

「おっ！　頼まれてくれるのか！」

「内容によるけどな」

正直なところ、ゼルートは面倒事は引き受けたくないという気持ちが強かった。

「それもそうだな。ラル！　こっちに来なさい」

「クルルルル！」

ラガールが呼ぶと、小さなドラゴンがやって来た。

(息子か娘ってところか？)

「この子はラルといって私の娘だ。それで先程の頼みなのだが、この子をお主の従魔にしてほしい」

「…………………はっ⁉」

「え、ちょ、待ってくれ！　いや、どういう流れでそうなるのか、さっぱり分からないんだが……」

「理由は簡単だ。この子には、もっとこの世界を見てほしいのだ。だが、幼いドラゴンが単独で旅をしていたら、人間に討伐されかねん。かといって、人を避けては、世界を見ることにはならぬからな。そして、ともに旅をするには、私の悪名は広まりすぎている」

「あ〜〜……なるほど、な」

ゼルートは頷《うなず》く。ドラゴンは色んな意味でレアだ。生で見る機会はほとんどなく、体の各部位は高値で取り引きされる。ましてや、子供。成体よりも勝負がしやすい。歩くお宝に等しいだろう。

「そこで、この子がお主の従魔になれば、そんな心配はないというわけだ」

「……でも、俺なんかでいいのか？」

「そこのラームやゲイルの様子を見ていれば分かる。お主の従魔でいることの幸せさが、な」

「ピイイイイ!!」

「ほらの」

「ラーム……分かった。でも、そっちのラルだったか。そいつは納得してるのか？」

「心配はいらんよ。ほれ」

「クルルルル！」

ラルは嬉しそうな声を出して、ゼルートの方に向かって飛んでくる。

「……そう、みたいだな。ただ、一ついいか？」

「なんだ」

「俺はここに来ていることを、両親に内緒にしてるんだ。だから、急に雷竜の子供なんて連れて帰ったら……うん、とりあえず面倒なことになるから、しばらくここにいてほしいんだ」

「ふむ……なるほど」

「それと、もう一ついいか？」

「構わん。言ってみろ」

「ゲイルのやつに稽古《けいこ》をつけてやってほしいんだ」

(あいつレベルになると、稽古《けいこ》の相手になるのは俺やブラッソくらいだしな)

しかし、ブラッソにはブラッソの都合があるし、ゼルートにもゼルートのスケジュールがある。

ゆえにゼルートは、定期的にゲイルが戦える相手が欲しかった。

「なんだ、そんなことか。構わんぞ。あやつはなかなか見込みがありそうだしな」

「それじゃ、よろしく頼んだ」

「うむ、任された」

「クルッ!! クルルルル!!」

「ピイ! ピイピイピイ~!!」

気づけば、ラルとラームが親しげに会話をしていた。もちろん、ゼルートにはその中身がさっぱり分からない。

(なんか、俺とラガールが話してる間に随分と仲良くなったみたいだな)

「ラル、これからよろしくな」

「クル!!」

ラルは敬礼に似たポーズをしながら返事をする。

その後ゼルートは、ゲイルにラガールが修行に付き合ってくれることを伝える。

ゲイルはもの凄《すご》く感謝した。

ただ、相手が相手なだけに、緊張感の方が勝っていたが……ゼルートは武者震いだろうと思って無視した。

(そういえば、ラガールは男か女か、どっちだったんだ?)

第二章　冒険者を目指して

ラガールの子、ラルを従魔にしてから、二年経った。

従魔たちには基本好きなようにさせるのが、ゼルートの方針だった。

たま〜にラームの様子を見に行ったら、スキルや魔法に特性がたくさん増えていて、本気で驚いた。

だが、ゼルートもこの二年でかなり成長している。第三者が彼を見たら思わずひっくり返るほどには強くなっていた。

(ラルとラームとゲイル。三人とも、俺が教えた魔力量を増やす方法を毎日やっているようで、魔力量がとんでもないことになっている。まっ、それは俺にも言えることなんだけどな)

なお、ゼルートは魔力量を増やす方法に改良を加えている。

魔力をただ放出するだけでなく、魔石のように魔力を自分の意志で結晶化できないかと思ってやってみたら、思いのほかすんなりできた。しかもそれは、一瞬で再び体を取り込めるので、魔力回復の手段にさえなる。

これで、戦いの最中にポーションを飲むという隙《すき》を見せずに済む。

ただ、この方法は魔力回復ポーションの役割を完全に消してしまうので、世間に知らせないことを誓う。

また、二歳上の兄のクライレットと、一歳上の姉のレイリアが、この二年の間に王都のお披露目《ひろめ》会《かい》に行った。

クライレットは、クールなインテリメガネイケメンなので、貴族の女の子たちからたくさん声をかけられた。

しかしそれをよく思わなかった、位《くらい》の高い貴族のお坊っちゃんたちが色々と、彼に難癖《なんくせ》をつけて、評判を落とそうとした。

それをクライレットは適当に躱《かわ》していたらしいが、最後にゼルートたち家族のことをバカにされた。

「貴様がこのように覇気がない者なら、貴様の家族もゴミみたいなものなのだろうな！」

しかも、あからさまに見下《みくだ》すような表情で吐き捨てた。

その言葉がトリガーとなり、クライレットは本気でぶち切れ、決闘を申し込んだ。

相手は同い年の中ではそこそこ魔法が上手く使えると評判の伯爵の子息で、彼は余裕で勝てると思っていたらしく、あっさり決闘を受けた。

結果は……クライレットの圧勝に終わった。

ゼルートが魔法を教えていたのもあるが、元々クライレットが努力家ということもあり、ゼルートの想像よりも強くなっていた。

戦闘中も余裕がありすぎて、わざと時間をかけてじっくり料理したという。

——といった話を、お披露目会《ひろめかい》から帰ってきたその日の夕食時に、父のガレンが自慢げに話していた。

横で聞いていたクライレットは顔を真っ赤にしていたが、ガレンはお構いなしに彼の勇姿を語り続けた。

（そんなことがあったから、姉さんにも魔法を教えようとしたら喜んで受けてくれた。どうやら俺が外で魔物を狩ったり、魔法の訓練をしていたりして全然一緒に遊べなくて、ずっと不機嫌だったらしい）

その反動なのか、魔法を教えているときのレイリアは、ゼルートに必要以上に話しかけた。

別にゼルートはそれが嫌なわけではないので、姉との会話を楽しんだ。

元々レイリアにはレミア譲りの魔法の才能があり、すぐに様々な魔法を使えるようになった。

ついには、中級の魔法まで覚えてしまう。

そうしてゼルートが教えた魔法の出番は……そう遠くないうちにやって来た。

舞台はもちろん、貴族たちの親と子息や令嬢が集まるお披露目会《ひろめかい》だ。

クライレットと同じく、レイリアも美しい金髪で顔が整っているので、貴族の坊っちゃんたちにたくさん声をかけられた。

ただ、レイリアはその坊ちゃんたちに一切魅力を感じなかったと、家に帰ってからの夕食の席で断言していた。

（まあ自分は○○家の者だだの、自分と一緒になれば必ず幸せになれるだの、家格を振りかざしたくさいセリフを言われても、基本的になんだこいつ？　って感じになるよな……うん、そうだよな？）

そしてここからはクライレットと同じだ。

位《くらい》の高い貴族の令嬢と決闘になる。もちろん理由は、相手が家族のことをバカにしたからだ。ここまで一緒だとちょっと怖いとさえ、ゼルートは思った。

結果もクライレットと一緒で、レイリアの圧勝。

違うところと言えば……レイリアが勝負を決める一撃で、相手の女の子を裸にしたことだろう。相手の女の子は決闘に負けた悔しさと、裸にされてしまった恥ずかしさで、その場で泣いてしまった。

（自業自得としか言えない結果だけどな）

この話も、ガレンがお披露目会《ひろめかい》から帰ってきた夕食中に話してくれた。

ただ、レイリアはクライレットと違って、誇らしげに胸を張っていた。

（そして、いよいよ俺も一ヶ月後にはお披露目会《ひろめかい》。兄さんたちみたいな展開になったら、それはそれで面白そうだが……………やはり面倒くさいという気持ちの方が大きい。は～、憂鬱《ゆううつ》だ）

あと一つ、ゼルートが心配に思うことがある。

それは、仮にゼルートが兄と姉と同じ状況になった場合……相手の子息を殺さないよう手加減できるかどうかだった。

(は～～～～～～～～。非常に面倒くさい。なんでお披露目会《ひろめかい》みたいなものがあるんだ。そんなのなくてもいいだろ!!)

◇

その日、ゼルートは珍しくイライラが溜《た》まっており、それが少々顔に表れていた。

他の貴族の子たちと話したりすることが嫌なわけではない。むしろそれは少し楽しみでもある。

ただ、クライレットとレイリアの例を見るに、自分もバカな相手に絡まれる予感が消えない。

そして、ゼルートが一番面倒だと感じるのは、言葉使いを堅苦しくすることであった。

(なんであんな話し方なんだよ!! フレンドリーにとは言わないが、もう少し砕けた感じだっていいだろ!!!)

ゼルートも、貴族らしい喋《しゃべ》り方ができないわけではないが、同い年相手に堅苦しい言葉を使うのは面倒という気持ちが大きい。

「どうしたんだ、ゼルート。そんな元気がなさそうな顔をして。体調でも悪いのか?」

ゼルートの様子を誤解したガレンが、心配そうに声をかける。

「いえ……少しばかり緊張しているので。そのせいで元気がないのだと思います」

(お披露目会《ひろめかい》が面倒くさくて仕方がないから、なんてことは言えない)

現在ゼルートたちは王都におり、馬車で王城へと向かっている。二人ともすでに正装に着替えていた。

「そうか……。安心しろ、ゼルート！　ああいう場は確かに俺も面倒くさいが、慣れれば楽しいところもあるぞ！」

「それもそうですね！　ところで父さん、一つ質問があるのですが、よろしいでしょうか」

お披露目会《ひろめかい》に行く前に、これは絶対に聞いておかなければならないと思っていた質問を、ゼルートは父にぶつけることにした。

「構わないぞ。言ってみろ」

「兄さんや姉さんのときと同じようなことが起こった場合、どうしたらいいですか？」

「ゼルート、そんなの決まっているだろう。ぶっとばして構わん！　俺が許す！！！」

「ありがとうございます！！！　父さん！！！！」

（よし！　父さんからの許しが出た。相手がどんなやつでもぶっとばしてやる！！！！）

そんなことを話しながら馬車に揺られていると、ついに王城の目の前までやって来た。

（…………なんっっっっっっっーーーーでかさだよ！！！　前世にあったノイシュバンシュタイン城の二、三倍のでかさはあんだろ!!　いや、もしかしてそれ以上か!?）

予想を遥《はる》かに超えた王城の大きさに、ゼルートは口をパクパクとさせてしまう。

「どうしたんだ、ゼルート。王城のでかさにそんなに驚いたのか？」

「え、ええ。そんなところです」

（いやいやいや、初めてこの城を見て驚かないやつなんていないだろ）

「それでは中に入るぞ」

「は、はい」

（おいおい、もうちょい心の準備をさせてくれよ！！）

心の準備ができないまま、ゼルートはガレンについて、王城の中へと入っていく。

そして、二人はお披露目会《ひろめかい》が開かれる会場に着いた。

その部屋の内装は、芸術に興味がないゼルートでも、感覚的に凄《すご》いと思わせるほど匠の技が発揮されている。

また会場にいる多くの子息や令嬢は、一目で高級品だと分かる正装を着ているし、当主や貴婦人方も自分の容姿を引き立たせる豪勢なドレスを身に着けていた。

（本当に疲れそうな場所だな……んん？　さっきまで話で盛り上がっていた大人たちがピタリと黙り、視線が一つの方向に集中した）

大勢の貴族の目線の先には、この国で一番の重要人物が立っていた。

（さすがに国王が現れたとなれば、喧騒《けんそう》も一瞬で静かになるというものか）

「みなの者よ！　よく集まってくれた!!　本来ならここで長々と挨拶《あいさつ》をしなければならないのだろうが、そんなものは抜きだ!!　大人は大人同士で！　子供は子供同士で仲を深めていこう！！！」

「「「「おおおおおおお！！！」」」」

（ずいぶんと豪快な王様だ。なんとなくだが、いい王様なんだろう）

前世の校長の長話みたいなものを覚悟していたゼルートはホッとした。

「子供たちよ!!　我が娘ルミイルとも、仲良くしてやってくれ！！！」

国王様の言葉で、お披露目会《ひろめかい》が開始された。

ただ……実際のところ、これは大人たちの飲み会じゃないのかと、ゼルートは思ってしまう。

精神年齢が高いゼルートからすれば、ほとんどの大人たちは美味《うま》い飯を食べて酒を飲んで、楽しく話しているようにしか見えない。

(もちろん政治関係の話もしてるんだろうけど……にしても、父さんは凄《すご》いな。元冒険者だったはずなのに、あんな簡単に場に馴染《なじ》んでるよ。俺はというと……)

ゼルートは一人寂《さび》しく、隅っこで料理をつまんでいる。

魔力を使って聴力をよくして色々な会話を聞いているが、大人も子供も自慢話やどうにかして有力な家といい関係を結ぼうなど、ゼルートからすればつまらない話しかしていない。

彼にも最初子供がやって来たが、適当にあしらったらすぐに消えた。

(…………はっきり言って退屈だ。飯は美味《うま》い、それは認める。それだけでここに来てよかったと思える。ただ、いずれ腹は一杯になるしな)

なんて考えていると、前から将来絶対イケメンになるであろう金髪の少年が、ゼルートのもとへやって来た。

「もしかして、ゲインルート家のご子息かな」

「……君は？」

「僕はスルト・マルクールだ。よろしくね」

「ああ、こちらこそよろしく。僕も自己紹介をしよう。ゼルート・ゲインルートだ」

「こっちこそ。ゼルートって呼んでもいいかな」

「ああ、構わないよ。こっちもスルトって呼ばせてもらうから」

ゼルートは表情を柔《やわ》らげ、スルトと会話をする。

婚約者候補探しが多くて疲れることや、友達といたずらをして怒られたことなど、過去の話を隠すことなく語っていく。

多少貴族らしい会話だったが、ゼルートはなかなか楽しんでいた。

そして今は、スルトがガレンの冒険者時代の話を聞きたいとせがんだので、ゼルートは覚えている限りの父親の冒険譚を話していた。

(どうやら、父さんは冒険者の間だけではなく、貴族の中でも有名らしいな)

ただ、話が盛り上がっているときに、予想外の人物が二人に近づいてきた。

「すみません。ガレン・ゲインルート様のご子息のゼルート様でしょうか？」

その人物とは、先ほど国王が紹介していた娘――第三王女、ルミイルだった。

濁《にご》りのない綺麗《きれい》な金髪。そして、将来必ず美人になるであろう優《すぐ》れた容姿。

幼さが残っている顔がまた可愛《かわい》さを感じさせる。

ゼルートがスルトとお似合いだな～と思って彼を見ると、緊張のためか、ライオンの前に立つチワワのように震えていた。

「はい、私がゼルート・ゲインルートです。ルミイル様は私たちにどのような御用で？」

「是非ガレン様の冒険者時代の話をお聞きしたいと思ったのですが……迷惑だったでしょうか？」

「いえ、そんなことはありません。今スルトとちょうどその話をしていたところなので、ルミイル様も一緒にどうですか？」

「是非お願いします！！！」

（……本当に可愛《かわい》い子が自然に笑うと、こんなにも素敵なんだな）

その後は、ルミイルを交えて会話を続ける。スルトの緊張も、時間が経つにつれてだんだん解けていった。

ゼルートは、お披露目会《ひろめかい》が終わるまで、ずっとこのままだったらいいな、と心の底から思う。

ただ……やはり人生はそう簡単にはいかない。

前方から、まだ七歳なのにどうしたらそんな欲望にまみれた表情ができるのかと思える、男三人組が近づいてきた。

「ルミイル様、そんな位《くらい》の低い者たちと話さず、私たちと話をしませんか？」

（は～、いきなり位《くらい》の低い者と来たよ。小物臭マックスだな）

ゼルートたちの会話に割って入ってきた三人の子息たち。着ている服は、ゼルートやスルトより高級感がある。それだけで自分たちの親よりこのトリオの親の方が、爵位は上だと分かってしまう。

ただ同時に、そのルミイルへの目つきから彼らが女を物扱いしそうな連中だと本能的に悟った。

「申し訳ありませんが、今はこの方たちとお話をしているので、後にしてください」

ルミイルは不快な顔はしなかったが、毅然《きぜん》と断った。

（おお！　さすがお姫様。堂々としてるな。なら、俺も後に続かないと）

「ルミイル様もこう言っているので……」

「君には何も聞いていない。黙っていてくれないか。薄汚い冒険者の子供が」

（…………あん？）

傲慢《ごうまん》な子息が人をバカにする発言をした瞬間、ゼルートの目から光が消える。

（こいつ今、なんて言いやがった？　俺の聞き間違いでなかったら、父さんのことを薄汚い冒険者と言った気がするんだが……まさかな）

聞き間違いで殴《なぐ》り飛ばすのは可哀想だと思ったゼルートは、念のため確認する。

「おいお前、今なんて……」

「薄汚い冒険者の子供と言ったんだ。聞こえなかったのかい？　はっ！　君みたいな爵位の差も理解できない者が子だと、親が苦労するだろうね！　いや、親が薄汚ければ、一家揃って薄汚くなるのは必然だった。すまないね、私も理解していないことがあったようだ」

「クーレン様の言う通りだ！」

横にいるトリオの一人が言った。このトリオは、クーレンとそのとりまき二人なのだろう。

「さっさとこの場から消えろ！　お前はここにいても何もすることがない暇人だろ！！！」

（……オーケー。こいつらは全員死にたい……いや、生き恥を晒《さら》したいということでいいんだよな。父さんからこういうときはどうすればいいか事前に聞いている。ちょうど、このバカどもが大声をあげたことで、この会場にいる全員の視線が集まっている）

ゼルートがゆっくり父親の方に目を向けると、彼は笑顔でグーサインを出した。

続けてゼルートは、国王を見る。

彼はなにやら期待に満ちた視線をゼルートに向けていた。

（なら、その期待に応《こた》えるとするか）

「国王陛下、一つ私からお願いがあるのですが、よろしいでしょうか」

子供のゼルートが、直接国王に話しかけたことで、周囲がざわつく。しかし、国王はそんなことをまるで気にしていなかった。

「構わんぞ、申してみよ」

国王の目にさらなる期待が宿る。

（あんたは子供か）

「ここにいる、親の権力にすがることしかできない者と決闘したいのですが、よろしいでしょうか」

「なっ！　貴様!!　この私をッ！！！」

クーレンが話を続ける前に、国王が言葉を被せる。

「面白そうだ。是非その決闘を許そう！　して少年よ、決闘で何を賭ける」

（来た！　これを待っていたんだ！！！）

来るかもしれないと思っていた国王の問いに、ゼルートは笑みを堪《こら》えることができず、口の端が吊り上がってしまう。

「お互いの家の全財産でどうでしょうか」

「……ふっ、ふふふ。はははははははは！！！！！！　よかろう!!　一家の全財産を賭けて戦うのだ！！！」

なんとも豪快な話だが、この国――いや、この王様はそういう人だった。ゼルートも、父のガレンから性格を聞いたときはずいぶん呆《あき》れたが、今はそれを利用させてもらうことにした。

ゼルートはもう一度、ガレンに視線を向ける。

視線の先に、満面の笑みを浮かべた父親がいた。

(そりゃそうだよな。貴族一家の全財産だ、領地の整備や改良など、いくらでも使い道はある)

「ふ、君。本当に私に勝てるとでも思ってるのかい？　自慢ではないが、私の魔法の腕は相当なものだと自負している。そして……」

何か勘違いしているクーレンに、ゼルートはさらなる爆弾を落とす。

「おいおい、何を勘違いしてるんだよ。お前一人なわけないだろ、後ろの二人も含めて、三対一に決まってるだろ！！！」

「君は正気かい。三対一で敵《かな》うはずなど……」

「どうでしょうか国王陛下、三対一の戦いならば、陛下も満足いただける決闘になると思うのですが」

「ハハハハ!!　少年は本当に私を楽しませてくれるな。もちろん構わないぞ。ではみなの者、闘技場へ参るぞ！！！」

（よし‼　これで家の懐《ふところ》が潤《うるお》うぜ‼　領地経営は真面目にやると意外と金が貯まらないものだからな。助かる‼）

ゼルートは必死に感情を抑えるが、左手は小さくガッツポーズを作っていた。

「貴様……！！！　ずいぶんと大きな口を叩《たた》くじゃないか。私たち三人に勝つなんて、万に一つもないというのにね。土下座して謝るのなら、貴様だけ奴隷にして、貴様の家族は助けてあげてもいいんだよ」

（何を言ってるんだ、こいつ？　ルミイル様の前だからって、私本当は優しいんですよアピールでもしてんのか？）

「戦う前から逃げようとするとか、自分にどんだけ自信がないんだよ」

ゼルートは、鼻で笑って返答する。

「……ッ！！！！　どうやら君は、私たちに殺されたいみたいだね‼　望み通り大勢の前で恥をかかせてから、殺してあげるよ！！！！」

「言ってろ、口だけ坊っちゃん」

アホ三人組は、ゼルートの言葉に反論しようとしたが、ゼルート自身はこれ以上話すのは無駄だと思い、闘技場へ向かうことにした。

（いや、父さんと少し話してからにするか）

「ゼルート！」

ゼルートから行こうとしたら、人々が闘技場に移動する波をかき分けて、ガレンが息子のもとにやって来た。

「父さん、勝手に決闘を決めてしまって申し訳ありません。ですが……」

「ゼルート、お前の気持ちは分かる。だから、決闘とその内容を決めたことに文句はない」

「ありがとうございます！」

「それにだ、三対一だろうと、どうせお前が勝つんだ。臨時収入がたくさん入っていいことしかないだろう」

ガレンは、いい笑顔で息子に心配する必要はないと返す。

（ったく、本当にいい父さんを持ったな、俺は）

ガレンが自分の父親で本当によかったと、ゼルートは自分をこの世界に転生させてくれた神に心の底から感謝する。

「そうですね、もちろん大量の臨時収入を手に入れてきます」

「あ、言い忘れていた。しっかりと手加減はしてやるんだぞ」

「あんなやつらごときに本気を出したりなんて、大人げないことはしませんよ」

「よし！　分かっているならそれでいい。とっと勝ってこい！」

「もちろんです！」

その後、スルトやルミイルから降参した方がいいとか、あの方は本当に魔法が上手いとか言われたが、ゼルートは適当に流して自分は大丈夫だと伝える。

（心配してくれるのは嬉しいが、負ける気は一切ない。油断大敵だとしても、な）

みなで三対一の決闘を行う闘技場に移動し、観客たちは勝敗の行方に盛り上がっている。

本来なら、同い年の子供たちと三対一の決闘など、完全に無謀なのだが……ここにいる貴族たちは知っている、ゲインルートという家の恐ろしさは。

ただそんな中でも、自分の息子や娘なら負けることはないと、根拠のない自信を持っている親は少なからず存在する。

「ふ、よく逃げずに来たね。その心意気だけは褒《ほ》めてあげるよ。でもね、やる気だけでは越えられない壁があるのを、教えてあげるよ。なにせこの私は――」

「そうだ！　このお方は――」

「貴様ごときが――」

三バカたちの自慢やゼルートへの侮辱《ぶじょく》が騒がしいが、当のゼルートの耳にはほとんど入っていなかった。

(ここの闘技場……コロッセオ、とはまた違う。でもなんか歴史があっていい感じだな。どのくらい前からあるんだろうな)

「…………って君！　私の話を聞いているのか！」

「そうだ！　せっかくこのお方が――」

「貴様ごときが話せるお方では――」

「さっきからガチャガチャうるさいんだよ。もしかしてあれか、時間を稼いで、頭の中で負けたときの言い訳でも考えているのか?」

「っ!　それはこちらの……」

「双方!　静かに!!」

審判役の兵士が声を上げたことで、三バカも静かになる。

ゼルートとしてはもう少し三バカを煽《あお》るのを楽しみたかったが、審判に注意はされたくないので黙る。

「これより、ゼルート・ゲインルート対クーレン・カーマルル、ブーデ・ンーマヒ、スーゲ・イモーキによる変則試合を始める。両者準備はいいか」

「「「はい!」」」

「もちろんです」

(さてと……どうやって料理してやるか。というか…………ぶふっ、残り二人の名前残念すぎるだろ)

「それでは……はじめ!!!」

「「「我が手に集いし火球よ――」」」

先手必勝と言わんばかりに、三バカはファイヤーボールの詠唱を始める。

(当たり前だが、無詠唱なわけないよな。にしても……魔力の練りは甘いし、火球の温度も全然高くなさそうだし。確かにクーレンってやつは多少上手くできているようだけど……俺に言わせれば、ドングリの背比べだな)

「「「ファイヤーボール！！！」」」

三つの火球がゼルートに迫ってきたが……この程度の魔法、彼からすれば防御するまでもない。

「この一撃で終わりだよ‼」

（一撃じゃなくて三撃だろ！　いいや、そんなことはどうでもいいや）

ゼルートは魔力で手を覆い、それで三つとも弾き飛ばした。

弾き飛ばされた火球は壁にぶつかり、あっさり消えてしまう。

男爵家の次男であるゼルートがファイヤーボールを素手で弾き飛ばしたのを見て、三人とも呆然《ぼうぜん》として固まってしまう。

それは観客の貴族たちも同じである。大半の者は、ファイヤーボールを手で弾き飛ばすゼルートの荒業《あらわざ》に驚いていた。

ガレンと国王だけは、次は何をしてくれるのかと楽しそうな顔をしている。

「き、貴様。い、今どうやって、私たちのファイヤーボールを防いだんだ！」

「どうやってと言われてもな。見ての通り、手で弾いただけだけど」

「そんなことできるわけないだろ！！！」

「そう言われてもね～、まあそれは置いといてさ。そっちが攻撃しないなら、こっちから攻撃させてもらうよ」

「っ！　我が手に集いし――」

「「わ、我が手に集いし――」」

それからゼルートは、三バカたちが放つ初級の攻撃魔法全てを手で、弾き飛ばし続けた。

同時に、少しずつ近づいていく。

三バカも、最初はゼルートが魔法を素手で弾き飛ばしたのを、マグレだと思っていたのか、余裕そうにしていたが、次第に焦《あせ》りの表情に変わっていく。

彼らも、所詮《しょせん》は七歳児の魔力量しかなく……底をつくのも早い。

だんだんとゼルートに対し恐怖を感じはじめ、泣きそうな顔になっていく。

そして、とうとう三バカの魔力が尽きた。

「さてと、これでお前らのターンは終わりらしいな。なら……これからは俺のターンってことでいいんだな？」

このときのゼルートは最高の笑顔をしていた。

まず、三バカの髪を小さなファイヤーボールで燃やす。

火球を小さくしていたのですぐに消えたが、髪がいい感じにチリチリになった。

ゼルートはそれに爆笑、観客も大勢がほどほどに笑っていた。二名だけ、ゼルートと同じように爆笑していたが。

三バカは顔を真っ赤にして、ゼルートに殴《なぐ》りかかろうとしたが、今度は創造スキルを使って地面から石槍を飛び出させた。

ちなみに、石槍が出てくるときにあえて音を出して、ギリギリ避けられるようにしている。

（はっはっは、こんなんで終わったらつまらないからな）

それからも、石の腕を地面から出して三バカの足を掴み、そのまま地面に引きずり回し、魔力の手で三分ぐらいくすぐり回すなど、もはや公開処刑に近い攻撃を何度も食らわせた。

そして今、火の魔力で服だけ焼かれて、三人とも素っ裸になってしまった。

客席の女性陣から悲鳴が聞こえてきたが、ゼルートはお構いなしに攻撃を続ける。

「わ、私をこ、こんな格好にしてどうするつもりだ！！」

「どうするってそんなの…………股間を叩《たた》きまくるに決まってんだろ」

「「「え!?」」」

そこからゼルートが考えた無属性の魔法――魔力の固まりを弾丸のように放つブレットという魔法を撃ちまくった。

実際には、この魔法はすでに存在し、魔弾という名前があるのだが、まだ世間の魔法についての知識が少ないゼルートは、自分が気に入った名前をつけて連発する。

もちろん威力はかなり落としているので、股間が本当に潰《つぶ》れるわけではない。

しかし、同い年の子供に思いっきり蹴られたぐらいの痛みはあるだろう。

客席を見てみると、男のほとんどは股間を押さえていた。そしてまた二名だけが爆笑している。

三人は途中で降参しようとしたが、その前にブレットを撃たれた痛みで悶絶《もんぜつ》してしまい、なかなか降参宣言ができない。

審判も、片方が明確な意志で降参を告げるか、命の危機に関わると判断した場合しか、決闘を止めることができない。

だが、どうやら三人の意識が消えかかり、審判がいよいよ決闘を止めようとしたので、ゼルートは最後にブレットの強化版であるマグナムを三人に放った。

「マグナム！」

「「「っっっ～～～～～～～～！！！！」」」

三バカは失っていた意識を激痛のため取り戻したが、すぐにより強烈な痛みに襲われ、また意識を失った。

「しょ、勝者はゼルート・ゲインルート！」

「まあ、暇潰《つぶ》しくらいには楽しめたかな」

こうしてゼルート対三バカの変則試合は、ゼルートの圧勝に終わった。

「にしても、三対一でこれとか弱すぎるだろ。まあ、子供だから仕方ない、か」

ゼルートが一人で勝手に納得していると、ガレンがいい笑顔で向かってくる。

「よくやったな、ゼルート。あの金髪の小僧の家は侯爵家だから、たくさん金が入ってくるぞ」

「それは楽しみです。兄さんたちが貴族の学校に入るためのお金にも回せますね」

そんなふうに、二人で今回の決闘で手に入る金の使い道について話していたら、城の兵士がやって来た。

「すみませんが、お二人にはこのあと、謁見《えっけん》の間《ま》にお越しいただきたいのですが、よろしいでしょうか？」

「それはすぐにですか？」

「はい。できれば、お早い方が。国王陛下がお待ちですので」

（できれば、スルトともう少し話したかったんだけど……仕方ないか）

　さすがに国王を待たせるわけにはいかないため、ゼルートは友人との会話より、国王との謁見を優先した。

「スルト・マルクールに、ゼルート・ゲインルートが今度うちに遊びに来なよと言っていたと、伝えてもらってもよろしいでしょうか」

「かしこまりました、一言一句違わずに伝えておきます」

「よろしくお願いします」

（ずいぶんとお硬い兵士さんだったな。でも、あれくらいがちょうどいいのか）

「それでは、俺たちは謁見《えっけん》の間《ま》に行くとするか」

「父さんは場所が分かるのですか？」

「ああ、爵位をもらうときに来たことがあるからな」

　新しく爵位を受けるときは必ず謁見《えっけん》の間《ま》で、国王と短い会話を行わなければならない。

　それは、ガレンにとって悪い思い出というわけではないが、あの空間にいるのは息苦しいと感じていたので、あまり長居はしたくないのが本音だった。

◇

「ゼルート・ゲインルートよ。この度はなかなか面白い決闘を見せてもらった」

現在謁見《えっけん》の間《ま》には、ゼルートとガレン、そして国王と王妃とルミイル、あと何人か大臣たち。そして、王族を守るための騎士たちに、ゼルートに決闘で負けた三バカと、その親たちがいる。

三バカの親たちは、どうやったら全財産を渡さずに済むか必死に考えていた。

「その実力は誠に素晴らしきものだ。そしてあの戦い方も……ふふ、んんっ!!　なかなかユニークであった」

国王の言葉に大臣たちから、そして騎士たちからも、小さな笑い声が聞こえる。

国王の声も若干《じゃっかん》震えていた。

(きっと、心の中で爆笑してるんだろうな)

「いえ、ただ自分の力を示したまでです」

今まで他の貴族と関わってきたことがないゼルートは、なんと返したらいいのか分からないので、適当に答えた。

「そうか。しかし、今回の決闘は本当に面白かった。なので、賭けとは別に、儂《わし》個人からそなたに褒美《ほうび》をやろうと思ったのだが、何か欲しいものはあるか」

その言葉はゼルートにとって全く予想していなかったものだが、これは好都合と、自分の欲しいものを素直に国王に伝えることにした。

「東の国にある武器、刀というものをお持ちでしたら、是非それをいただきたいです」

「ふむ、刀か……そういえば、宝物庫にあったはずだ。少しばかり古いものだが、それで構わんか？」

「はい！　是非それでお願いします」

「よし、あとで持ってこさせよう」

錬金術のスキルを習得しているゼルートならば、自分で造ることも不可能ではないが、刀を造るのに一番重要な玉鋼が、この国では手に入らない。

創造スキルで生み出すことは可能なのだが、本物を見たことがないためにイメージが固められないので、脆《もろ》いものしか出せず、使い物にならない。

「国王陛下、そろそろ賭けについて話をした方がよろしいかと」

「それもそうだな。今回の賭けの対象は、お互いの家の全財産ということだったな。ゼルート・ゲインルートがそこの三人に勝利したことにより、そこの三人の家の全財産はゲインルート家のものとする。その対象は貨幣にはじまり、領地や別荘、その他もろもろだ」

（おおっ、領地まで手に入るのか。まさに全財産だけど、運営が大変だな。なんにせよ、これでたくさんの金が入るな。爵位から考えれば、白金貨は確実にあるだろうし、たぶん黒耀金貨もあるはずだ）

白金貨は日本円に直すと一億円であり、黒耀金貨は百億円である。

この一件で、ゼルートの家は規模だけなら、一気に大貴族になったと言っても過言ではない。

「国王陛下！　少しお待ちくださいい!!」

そこへ三バカの親代表である侯爵家の当主が待ったをかける。

「なんだ？　申してみよ」

「お言葉ですが、今回の決闘に関して、私たち親は了承しておりません。子供たちだけで決めた内容です。ですので、私たちの全財産をゲインルート家に渡すなどということは……」

侯爵家当主の言い訳に、ゼルートは内心呆《あき》れていた。

（おいおいおい、どんだけしょうもない言い訳なんだよ。子供かっつの）

「そういえばルバーイ・カーマルルよ、貴様の家の長男が先日男爵家の子息と決闘をし、その子息の専属メイドを得たはずだが」

「は、はい。確かにそうですが……」

「それは、当人同士で決めた話だったはずだな」

「そ、それはそうですが……」

「そのことに関して、貴様は口を出さなかった」

「は、はい」

「ならば、今回も同じようにすればいいのではないか」

「でっ、ですが……！」

「そもそも私の娘に不快な思いをさせた時点で、家をとり潰《つぶ》してもよかったのだがな」

「なっ！　そ、それは……」

（どうも、国王は前からカーマルル家を問題視していたようだな。だから、こんな賭けを了承したのか……）

「それと……貴様の息子は、ゼルート・ゲインルートに対して、自分が勝てば奴隷に落とすと言っていたな……なんなら、貴様や貴様の家族も奴隷に落ちてみるか？」

「……いえ。領地を、全財産を、ゲインルート家にお渡しいたします」

「よし！　これにて決闘については終わりだ!!」

反論する余地が一切ないと分かったカーマルル家の当主は、国王言葉に素直に従い、死んだような顔で頷《うなず》いた。


その後、ガレンが大臣らと、三バカの家の全財産を受け取る段取りについて話し合う。

時折ガレンが悪い笑みをしていたので、ゼルートは三バカとその家族がさらなる地獄に落ちるのだろうと予想する。後日、それは見事に当たっていた。ただ、それは今回のことだけではなく、財産を整理する段階で数々の不正が明らかになったからだ。やはり国王はそのあたりを気づいていたのだろう。

大臣らも、ガレンの提案に苦笑いしているが、頷《うなず》いているので、実行に移すようだ。

(てか、話し合いが終わるまで暇だな)

「ゼルート様、少しよろしいでしょうか」

ボケ～ッとしているゼルートに、ルミイルが話しかけてきた。

「ええ、大丈夫ですよ。どうかしましたか、ルミイル様」

「あの、今回の決闘を見させてもらいました。その……勝ち方は少しあれでしたが、とてもお強いのですね」

（ま、まあ……確かに勝ち方は少しあれだったよな。少々お下品だったのは認める）

「そんなことはありませんよ。自分なんてまだまだです」

「ご謙遜《けんそん》を。ゼルート様にとってはまだまだかもしれませんが、私からすればとても素晴らしい強さでした。それで、質問があるのですが、よろしいでしょうか？」

「もちろん構いませんよ」

王女様が自分に何を質問するのか。

ゼルートは、質問が飛んでくるまでの数瞬の間で、頭をフル回転させておく。

「ゼルート様はなぜそんなにお強いのですか？」

（……なんか返答に困る質問だな。なんでそんなに強いか……こういう特訓をしたからです、という答えは求めていないんだろうな）

「強《し》いて言うと、世界を見て回りたいのと、冒険者に憧《あこが》れているからですかね」

「世界を見て回りたい？」

「そうです。世界には自分が知らないこと、見たことない場所がたくさんあります。そこに行ってみたいのです。しかし、そういうところには、どのような危険な魔物がいるのかも分かりません。だから、強さが必要なんです」

嘘ではないが、全てでもない。この説明で納得してくれるかどうかは不安が残る。

「そうなのですか……確かにそのような場合は強さが必要ですね」

（納得しちゃったよ！　いや、まあ別にいいんだけどさ）

「ですが、冒険者に憧《あこが》れているからというのも同じ理由に思えるのですが、わざわざ分けられたのはどうしてなのですか？」

（う～～ん……こちらは、少し言うのが恥ずかしいな）

「冒険者に憧《あこが》れているからというのは、少し言い方が変でしたね。冒険者になりたいという思いは確かにあります。でも、私の父は元Aランクの冒険者です。その息子が弱かった、なんてカッコ悪いじゃないですか。どうせなら、さすがガレンさんの息子だ！　って言われたいと思いませんか？」

「ふふ、確かにそうですね」

（少し笑われてしまったけど、納得はしてくれたみたいでよかった）

とりあえずこの理屈で話は収まり、ゼルートはほっとした。

「ゼルート！　そろそろ帰るぞ！」

お偉いさんとの会話が終わったガレンは、頬《ほお》を緩《ゆる》めていた。

（どうやら、なかなか懐《ふところ》が潤《うるお》ったみたいだな）

「それではルミイル様、失礼します」

「ゼルート様。もし、またお会いすることがあれば、今日みたいにお話をしませんか」

（そんな顔で言われたら、いいえって言えないだろ）

七歳にしては反則的な笑顔に少々見惚《みと》れつつ、ゼルートは返答する。

「はい。もちろんです」

その後、彼は宿に戻る前に、宝物庫から運ばれてきた刀を受け取る。

魔剣ならぬ魔刀と言える雰囲気《ふんいき》を放つ刀に、鑑定眼を使用せずとも業物《わざもの》だということが分かった。

そして、宿に一晩泊まってから王都を出発。何事もなく、無事家に到着する。

もちろん、家に着いた日の夕食では、今回のことをガレンがみんなに話す。そこでゼルートは、やや恥ずかしさを感じた。同時に、自分と同じような事件を起こした兄の当時の気持ちが理解できた。

そのクライレットは同情するような視線をゼルートに送り、レイリアとレミアはよくやったと満足げな表情でゼルートを褒《ほ》める。

話の最後に、家族全員が怒ってくれてありがとうと、ゼルートに伝えた。

ゼルートはさらに恥ずかしくなるが、同時に嬉しくもあった。

家族で夕食を食べ終わった後は、自分の部屋の中で将来のことについて考える。

(色々考えたが、今度従魔のみんなに聞いてみるか。あいつらは俺のパーティーだしな)

この日のゼルートは、いつも以上に安らかな気持ちで眠りについた。


次の日、ラームとゲイルとラル、そしてラガール、それとなぜかブラッソも含めて、ゼルートは今後のことについて話し合う。

そして話し合いの結果、全員がゼルートが十二歳になるまでにやることが決まった。

ラームは魔物の吸収、スキルの強奪はもちろんだが、そのスキルを戦闘時に上手く使い分ける訓練を、ゲイルとラガール、ブラッソを相手に行う。

（リザードマンとドラゴンとブラッドオーガに鍛えてもらうって、よくよく考えると贅沢《ぜいたく》だよな）

もちろん、ゼルートとゲイルも同じ訓練をする。

ゲイルは、戦闘中に剣と並行して無詠唱を使えるようにすることがメインだった。

ラルは、主にラガールとマンツーマンで訓練を行う。

ブラッソは主に身体強化系スキルの強化。また、そこまで魔法が得意ではないものの、ゼルートがこれは覚えておいた方がいいと思う魔法を教えた。

そしてゼルートはというと、新しい魔法を覚えたり、剣術や槍術のスキルレベルを上げたりしつつも、錬金術でゴーレムなどを作ることに力を入れる。

いずれゼルートはこの領地を出る。そしてガレンたちが用事で不在の場合、もしものことがあるかもしれない。

そのために、戦えるゴーレムを作っておきたい。

（作るためにはたくさん魔石がいるんだけどな。それと憑魔《ひょうま》に関してだけど……これがマジで強い！　従魔と同化することで、その従魔の能力が使えたり、身体能力が向上したりする……が、もの凄《すご》い魔力を持っていかれる。今の魔力量だったら大体一分か、やりようによっては二分くらいって感じだな。とりあえず憑魔《ひょうま》が俺の中で一番の切り札ってことは確認できた）

こうして目標を明確にしたゼルートの月日はどんどん過ぎていった――

◇

そして、ゼルートは十歳になった。いつもと変わらぬある朝のこと――

「ふぁ～、眠いな。……特別夜更かししたつもりはないんだけどな」

ゼルートは、なるべく朝は自力で起きようとしているが、なかなか起きられない。

今日も、メイドのローリアに起こしてもらった。

そして、たまにはゲイルたちと訓練するのではなく、他のことをしようと思っている。

「とは言っても、何をするか悩む……というか、あまり思いつかないな……」

いつもはゲイルたちと特訓し、飯を食べたりポーションを作ったり、錬金術の訓練も積んでいる。

ただ、それ以外のことをしようと思わないので、いざ他の何かをしようと考えても、なかなか浮かばない。

そのまま家を出て、唸《うな》りながら街の端っこで頭を悩ませていると、後ろからゼルートの名を呼ぶ声が聞こえた。

「やっぱりゼルート君だ！！！」

「お、なんだ、ゼルートもここに来てたのか！」

「あら、ならゼルの今日の予定は、私たちと同じというわけかしら」

「そうかもしれないね。ゼル、君も外に行って魔物を倒すつもりかい？」

リル、ゴーラン、マーレル、スレンの四人だった。

（スレンは今、魔物を倒しに行くって言ったのか？　確かにこの四人の実力は同年代のやつらと比べたら、頭一つ抜けている。ゴーランとスレンは、父さんの私兵の訓練に交ざって頑張《がんば》っていると、父さんから聞いている。リルとマーレルにしても、姉さんと一緒に母さんに魔法の訓練と、簡単な護身術を教えてもらっているから、ランクFやEの魔物には負けないだろう。四人で上手く連携ができれば、Dランクの魔物を倒すことができるかもしれない。本人たちもそう思っているはずだ。けど、その中途半端な自信が俺としては怖いんだよな）

中途半端な実力を持っていて、引き際を知らない者ほど危ない。死ぬ可能性だって十分にある。

そういうわけで、ゼルートは少し天狗になってきているであろう四人の鼻を、どうやってへし折るかを考える。

（そうだな……迫力があってかなり強くて俺と親しい魔物……ブラッソが適任かもな。一応あいつAランクの魔物だし、手加減もしっかりできるだろうから、頼んでみるか）

伸びてきた自信をへし折ってやろうと思って、ブラッソと戦うことを提案してみたら、四人はあっさりと了承した。特にゴーランがもの凄《すご》くノリノリだった。

（……一番最初にKOされそうだな）

そして今は、ブラッソのもとに向かっている。ブラッソのところまで数十キロはあるので、まともに行こうとすると、ゼルートはともかく四人にはかなりきつい。

そこでゼルートは、バレないように重力魔法で彼らの体を軽くし、風魔法で後ろから追い風が来るようにした。

リル、マーレル、スレンは、自分の速さに少し疑問を持っていたが、ゴーランは自分が強くなったのでこんなに速く動けるのだと、思いっきり勘違いしている。

(う～ん、この四人でパーティーを組んだら、ゴーランのせいで他の三人が苦労しそうだな)

ちなみに、四人の戦闘スタイルはいい感じに分かれている。

リル――使える魔法は、火魔法、風魔法、土魔法、風魔法の四種類と多く、かなり魔法の才能がある。普通は魔法特化の人でも三個ほどしか使えないという人が多い。

魔法の威力も、レミアから習っているだけあって、他の魔法使いよりも威力が高い。

そして、回復魔法も使え、そちらも非常に優秀だと、レミアが褒《ほ》めていた。

また魔法だけではなく、最近は棍棒術や短剣術も習っており、接近戦も多少できるとのこと。

ゴーラン――典型的なパワータイプの戦士型。力は十歳にしてはなかなかのものだというのが、彼に稽古《けいこ》をつけている兵士の感想だった。

使う武器はロングソードとのことだが、最近はクレイモア、バスターソードといった大剣の類《たぐい》をしっかりと実戦で使えるように訓練しているらしい。ちなみに、今日はロングソードしか持ってきていないという。

少し前までフェイントを上手く使えるように頑張《がんば》っていたが、本人の性格ゆえか、顔や動きに出てしまうそうで、稽古《けいこ》をつけている兵士さんは諦《あきら》め、小盾の扱いについて指導している。

魔法に関しては、火魔法が少し使えるようになったが、実戦で使えるほどのものではない。

その代わり、魔力による身体強化はそこそこできる。

今後の課題は、戦いの最中に熱くなりすぎず、冷静さを保つこと。

（…………まあ無理だろうな）


マーレル――風魔法、水魔法、火魔法の三つの魔法を使う。リルほどではないが、魔法の才能はあると、レミアが断言している。

武器は鞭《むち》を使う。最近は鞭《むち》術の拘束という技を覚え、自分の力量次第ではあるが、文字通り相手を拘束できるようになった。

そして、最近はパーティーにおける斥候《スカウト》の役割を果たそうと頑張《がんば》っている。マーレルは少々ツンツンなところがあるが、友達思いなので、かなり頑張《がんば》り屋さんな面がいい方向に出ている。

スレン――魔法は風魔法、火魔法、雷魔法を使う。風魔法と火魔法は、リルやマーレルには及ばないが、雷魔法というそこそこ珍しい魔法を使えるようで、本人はかなり喜んでいた。
ただ、その事実を知ったゴーランが血涙を流し、恨《うら》めしそうにスレンを見ていたのを、ゼルートはよく覚えている。
武器はエストック――レイピアのような武器を使う。よって突き技がメイン。

身体能力も戦士や剣士より魔法軽騎士といった感じで、敏捷《びんしょう》さは四人の中で頭一つ抜けている。

――といった具合で、やはり同世代と比べるとなかなか強い。しかし今回はその自信を、ブラッソ先生にへし折ってもらう。

「おっ、そろそろ見えてきたな」

長い森の中を四十分ほど走り、ようやくブラッソがいつもいる場所が見えてきた。

ちなみに、ここまで魔物には一体も遭遇《そうぐう》していない。

なぜかというと、四人にバレないようにゼルートが威嚇《いかく》というスキルを使用したからだ。よっぽどバカな魔物以外は寄ってこなかった。寄ってくるバカも、今のゼルートたちの移動速度にはついてこられないので、結局戦うことはなかった。

ちなみに、ゼルートは生まれてからずっと剣や魔法の腕を鍛え続けたので、A、Bランクの魔物とは、相性にもよるが一対一でならある程度戦え、本気を出せばまず勝てる。

そしてスキルの憑魔《ひょうま》を使えば、Sランクの魔物とも数分なら戦えるだろうと、ラガールに太鼓判を押された。

そんなゼルートが威嚇《いかく》を使っているわけなので、賢い魔物は五人に戦いを仕掛けようとは思わなかった。

「お、いたいた。おーーーい、ブラッソーーーー」

ゼルートは、大剣で素振りをしているブラッソを見つけ、声をかける。

ゼルートの声に気づいたブラッソは、素振りをいったん止め、手をあげてこちらに向かってきた。

「ヨクキタナ、ゼルート。キョウモ、ラガールドノヤ、ゲイルタチト、トックンカ？」

ブラッドオーガのブラッソがゼルートに話しかけているのを見た四人は、相手との力量差を本能的に理解したのか、体が震えている。

だが、震えてはいたが全員武器を構え、戦えるようにしていた。その様子を見たゼルートとブラッソは感心する。

（へ～、思っていたよりもやるな。というか、度胸があるな。普通ならブラッソを見ただけで失禁してもおかしくないんだけどな。まっ、とりあえず恐怖で体が動かなくて戦いにならない、なんてことにならなくてよかった）

そしてブラッドオーガの亜種のブラッソは、通常でもランクAである。ブラッソはさらに、腕力任せ以外の強さを学んだため、ラガール曰《いわ》く、オーガとしては最強と言われる希少種よりも強くなっているのではないか、とのことだ。

なお、ラガールはパワーだけならSランクに片足を突っ込んでいるとも、さらっと言った。

（フム、コイツラハ………ゼルートノナカマ……イヤ、トモカ。ナカナカキモガスワッテイルナ。コノオレヲマエニシテ、フルエテハイルガ、ブキヲカマエ、タチムカオウトシテイル。ダガ、ゼルートハナンノタメニ、トモヲオレノマエニツレテキタノカ…………オソラクハ、コノヨニントオレガモギセンヲスル、トイッタトコロカ）

ブラッソは、ゼルートが親しい者に対してかなり過保護だということを知っているので、今回彼が友達を連れてきた理由を理解した。

ゼルートは、ビビりながらも武器を構えている四人に、ブラッソが敵でないことを伝える。

「四人とも、とりあえず武器を下ろしてくれ。そこにいるブラッドオーガのブラッソは、お前たちが今日摸擬戦をする相手……ま、先生だ」

ゼルートの言葉を聞いた四人は、えっ、と驚きの声を上げる。

そしてスレンが震えつつ、ゼルートに尋《たず》ねた。

「え、えっと……ゼ、ゼルート。ここに来る前に話していた、今日僕たちが、た、戦う相手というのがこの、えっと……オ、オーガ？　なのかな」

街周辺で魔物と戦っていた四人は、オーガとの存在は知っていても、もちろん見たことはない。

だから、ブラッソを見て、オーガの亜種だと分からないのも無理はない。

「ああ、そうだよ。今日、みんなが戦う相手のブラッソ先生だ。ちなみにただのオーガじゃなくて、ブラッドオーガっていう、オーガの亜種だから」

ブラッソについて説明すると、みんなは余計にビビッてしまった。

ただ、仕方ないと言えば仕方ない。身長が以前よりも大きく、五メートル半ほどになり、全身引き締まった筋肉の鎧で覆われているブラッソ。その体から発せられる迫力は半端ではない。

このままでは戦いになるかどうか不安だったので、ゼルートは少しみんなの緊張を和《やわ》らげることにした。

「みんな、安心してくれ。ブラッソはちゃんと理性と知性がある魔物だ。だから、そんなビビらなくても大丈夫だ。タダでこんな強い魔物と摸擬戦ができるんだ、ぐらいに思うといい」

自分で言っておいて、子供にはかなり無理があるんじゃないかと思ったが、それは杞憂《きゆう》だったらしい。スレンがみんなに声をかけると、次第に彼らの緊張が解れていった。

「そ、そうだよ、みんな。これは凄《すご》い幸運なことだよ。オーガの亜種なんて、Bランクもしくは Aランクの強さを持つ魔物のはずだ。そんな強い魔物と摸擬戦ができるなんて、絶対にないんだから」

「そ、そうね。スレンの言う通りね。こ、こんなに恵まれたことはないわよ。ゼ、ゼルに感謝しましょう」

スレンもマーレルもまだ若干《じゃっかん》震えているが、今回のことに対して前向きに考えている様子。それを見て、ゴーランも負けてられないと、足を震わせつつも、大きな声を上げて、無理やりテンションを高めようとした。

「そ、そうだぜ。あ、あんな強そうなオーガと戦えるんだ。び、ビビってちゃぁ、話になんないよな!! おし!! やってやるぜえええええ!!!!」

「み、みんなの言う通り、せっかくのチャンスなんだから頑張《がんば》らないと!」

最後にリルの声を聞き、全員気合い十分だと分かり、ゼルートはホッと一安心した。

(普通に見た目も怖いし、実力もエグイぐらいあるから、無理かなってちょっと思ったけど……本当に大丈夫みたいだな)

「よし、それじゃあみんなは、ブラッソとどうやって戦うか作戦会議をしてくれ。終わったら、俺に声をかけてくれ。それでいいか？」

四人は頷《うなず》き、少し離れた場所に移ってどうやって戦うかを話しはじめる。

ゼルートはそんな四人を見ながら、ブラッソとスレンたちについて話す。

「ブラッソから見て、四人はどんな感じだ」

ゼルートの問いに、ブラッソは話し合っている四人を見て、少し考えてから答えた。

「ソウダナ……マダトシハジュウダッタカ？　ニシテハ、ナカナカノツヨサダロウ。ダガ、マダホントウノキキカンヲ、ケイケンシテイナイ。モシ、アノヨニンガオマエトオナジク、ボウケンシャニナリタイノナラ、ソレヲケイケンシテオカナイト、カナラズドコカデ、ツマズクダロウナ」

四人が訓練として森で魔物を討伐することがあるとしても、必ず友人の父としてガレンがつきそっているだろう。そうなると、四人が危機に晒される状況に遭遇《そうぐう》する可能性はほとんどない。

ガレンが四人の訓練に同行できなくても、数人の兵士が同行するはずだ。彼らは、元Aランクの冒険者であるガレンに指導されているため、他の貴族に仕える兵士と比べて、数段ほど実力は上だった。

「マア、ソウナッテホシクナイカラ、オレノトコロニキタンダロウ」

お前の考えていることは分かっているぞ、といった笑みを向けられたゼルートは、苦笑いを返した。

四人が話しはじめてから十分ほどして、ようやく作戦が決まった。

彼らはまるで、これから戦場に行くような顔をしている。

ゼルートは、そこまで緊張せず、もう少しリラックスした方がいいのではないかと思うが、それを伝えても余計に緊張させてしまうかもしれないと考え、口には出さなかった。

(さてと……ブラッソが思いっきり手加減するとは言っても、どれくらいもつだろうな。俺的には三分も戦えれば上出来だと思うんだが……まあ、どうなるかは、四人の腕次第だ。ブラッソは得意ってわけじゃないけど、魔法を無詠唱で使えるから、魔法が使えるリル、マーレル、スレンが有利ということでもないしな)

「ゼルート、こっちの準備は大丈夫だよ」

スレンはまだ若干《じゃっかん》緊張しているようだが、その目には確かな闘志が宿っていた。

ザ・優男《やさおとこ》のスレンが随分いい漢《おとこ》の顔をするので、ゼルートはこれは期待できるなと、ワクワクする。

「ス、スレンの言うとおりだぜ！　ゼルート、こっちはい、いつでも行けるぞ！！！」

ゴーランはスレン以上に緊張しているのか、時々言葉をつっかえており、手も震えていた。

(う～ん、まあ、戦うことはできそうだな。あの震えも、俺が緊張によるものだって思っているだけで、本当は武者震いかもしれない)

リルやマーレルも気合十分なのを確認し、いよいよ彼らとブラッソの模擬戦が始まる。

「ゼルート、ヨニンノジュンビガデキタヨウダナ。ソロソロハジメルカ」

「そうだな、よし。それじゃあ適当に位置についてくれ。そして、俺のかけ声で試合開始だ。それでいいな」

全員が頷《うなず》き、戦闘開始の準備が整う。

（両方ともいい感じだな。よし、それじゃ……）

「試合……始め！！！」

ゼルートの合図とともに、ゴーランとスレンが飛び出し、己の武器でブラッソに斬りかかる。

そして、リルとマーレルの二人が、後ろで魔法の詠唱を始めた。

（まあ、セオリーといえばセオリー通りな戦い方だ。それが通用するかどうかは別だけど）

「うおおおおぉぉぉぉらああああああ！！！！！」

「はあああああぁぁぁぁぁあああああああ！！！！！」

ゴーランはまだ未熟ながらも、全身の力を加えたロングソードでの一撃を、スレンは全身をバネのように動かしての鋭い突きを、エストックから繰り出す。

二人の攻撃は確かにブラッソの体に当たった。そう、当たったのだが……

「フム、オモッテイタヨリ、ズットイイコウゲキダ」

ブラッソの体には傷一つ、いや痣《あざ》一ついていなかった。

「なっ！！！」

「そんなっ！！！」

二人はこの事実に少なからず衝撃を受けた。もちろん、大きな傷を負わせるのは無理だろうと最初から思っていた。だが、血の一滴二滴ぐらいは流せると自信を持っていた。

実際、二人の攻撃はなかなかのものだった。F、Eランクの魔物であったら大ダメージは確実で、もしかしたら仕留められたかもしれない。

だが、相手は筋力、防御力が高いオーガ。しかも、オーガの中でも亜種という極めて身体能力が高い存在。

「ダガ、ソレクライデハ、オレニキズヲツケルコトハ、デキンゾ！！！」

ブラッソが二人を軽く蹴り飛ばすと、十メートルほど吹き飛ばされた。

幸い着地には成功したが、攻撃が思っていたより重かったのか、二人とも手が痺《しび》れてしまっているようだ。

一方、二人が吹き飛ばされると同時に、リルがストーンバレットを、マーレルがファイヤーボールを放つ。この二人の攻撃も、低ランクの魔物ならば即死させることができる威力なのだが……

「ナルホド。マホウノホウモ、ナカナカノイリョクダナ」

直撃したものの、傷一つついていなかった。

ゴーランとスレンの斬撃と刺突、リルとマーレルのストーンバレットにファイヤーボールを食らっても、一切傷を負わない防御力。

その現実が無情にも、四人とブラッソの実力差を告げる。

そしてブラッソはニヤッと笑うと、小さく呟《つぶや》く。

「ナラバ、ツギハコチラノバントイコウカ」

ブラッソが攻撃に転じる。とはいっても、攻撃方法は多くない。

体格差ゆえに、基本蹴りしか使っていないが、四人にとっては十分な脅威《きょうい》だった。

ただ、ブラッソはもの凄《すご》く手加減している。どの蹴りも、四人が避けられるか、防御できる程度のスピードで放たれている。

威力もかなり抑えているので、当たったとしても骨が折れることはない。その代わり、かなりの距離を吹っ飛ばされる。

とはいえ、時々四人が目で追えないスピードで動き、背後に回ることもある。理由は、死角からの攻撃に、敏感に反応できるようになってもらうためだ。

（リルやマーレルに蹴りが入るときは、大きな怪我《けが》をしないか心配なんだけどな）

ちなみに、魔法もちょいちょい使っている。しかも無詠唱で。

戦いの最中に、ブラッソが無詠唱で魔法を使ったのを見て、四人は一瞬だが固まってしまうという大きな隙《すき》を見せてしまってもいる。

それからのブラッソは、リルやマーレル、スレンが魔法を使うと、たまに魔法で相殺《そうさい》したり、彼らより少し威力の強い魔法で対処したりした。

そして、戦いが始まってから約五分後、四人の顔にはかなりの疲労の色が窺《うかが》えた。

「はあ、はあ、はあ。な、なんて強さなの……」

マーレルはあまりにも開きすぎている実力差に驚きを隠せない。

それは、ゴーランも同じだった。

「くっっっそおおお！　こっちの攻撃が全然通用しねえ。そ、それに、体力も、そ、そろそろキツイな」

「はあ、はあ、ふぅーーーー。分かってはいたけど、こうまで力の差があるなんて」

スレンの言葉には余裕を感じさせるが、表情から確かな悔しさが見える。

もしブラッソが本気だったら、自分たちは何回も死んでいたことを、しっかり分かっている。

ブラッソは攻撃魔法に関しても、かなり加減していた。魔法がそこまで得意なわけではないが、単純に魔力を多く込めるだけでもかなりの威力になるのだ。

「ま、まだ諦《あきら》めたくない！　でも、もうそろそろ魔力量が……」

リルはまだまだやる気はあるが、魔力量が限界に来ている。

（でも、この状況でまだやる気があるっていうのは、いいことだ）

ブラッソは四人の様子を見て、そろそろ限界だと察し、彼らの最後の攻撃を受けることにした。

「……ソロソロオワリカ。サテ、サイゴニ、ジブンノスベテヲカケテ、オレニコウゲキシテコイ。オレヲコロスキデナ」

ブラッソの言葉に、四人は最後にどうやって攻撃を仕かけるかを話し合った。

二十秒ほど話し合ったあと、四人は覚悟を決めた顔をする。

（いや、死ぬわけじゃないんだから、そこまで思い詰めなくても……）

リルとマーレルが、魔法の詠唱を行う。

先程までなら、詠唱に入ると、ブラッソが妨害しようとしてきたが、今はその場を全く動こうとしなかった。

四人は色々警戒しているようだが、ブラッソは今回の四人の攻撃を一切避けようとはしない。完全に攻撃を受けきるつもりだ。

そして二人の詠唱が終わり、ブラッソに向けて二つの魔法が放たれた。

「ファイヤーランス！！！！」

「ウォーターランス！！！！」

リルがファイヤーランスを、マーレルがウォーターランスを放つ。

二人が放った魔法は、難易度で言うと中級に当たる。

十歳でこれらの魔法を使えるのは、魔法の才能が相当高い者か、王族や貴族のように幼いころから専門の教師に教えてもらっている者しかいない。

二人が放った魔法に、ブラッソも感心した様子だ。

ブラッソに人間のことはいまいち分からないが、今まで戦ってきた冒険者を基準に考えると、なかなか凄《すご》いということは分かる。

だが、ゼルートとブラッソはもう一度、二人の攻撃に驚くことになった。

「…………はあああああ！！？？　嘘だろ！！！！」

「…………コレハ……サスガニ、オドロイタナ」

ゼルートは口を大きく開け、ブラッソは目を大きく見開いた。

なんと、リルが放ったファイヤーランスとマーレルが放ったウォーターランスが混ざり合い、火と水が融合した槍となったのだ。

（確か二つの魔法が合体する………ユニゾンマジックだったか。前に母さんに教えてもらったけど、才能がある魔法使いの中でも、本当に限られた人にしか使えない技術だったよな。二人で使う場合には、二人の息が相当合ってないといけない。いや、そこは幼馴染《おさななじみ》だからってことでまあ、一応説明がつくかもしれないけど……ははっ、こりゃ将来、二人とも大物になる可能性大だな）

魔法の中には二つの属性を持つものもあるが、それとは比較にならない威力だった。それは当然で、この二つの属性を持つ一つの魔法ではなく、二つの魔法を合わせたものだから、威力は倍以上になる。

ブラッソは、先程まではそのまま攻撃を受けようとしていたが、今は手を前に出し、掌《てのひら》に魔力を纏《まと》わせた。

彼が今回の戦いの中で初めて見せる防御態勢だ。

それだけ、二人が放った火と水の槍を警戒していた。

そして、魔法がブラッソの魔力で覆われた手に当たった瞬間、空気を揺らすような衝撃音と爆風が起きる。

ゼルートは、自分たちの近くにいた動物が逃げていくのが分かった。

（というか、魔物さえ逃げ出しちゃってるけどな。ほんっと、なんて威力だよ。てか、とっさに、ゴーグルをつけておいて良かったわ。砂煙で前がマジ見えない。にしても……あの二人だけじゃなくて、男二人もなかなかやるじゃないか。特に……スレンは才能が頭一つ抜けているな）

二人の魔法とブラッソの掌《てのひら》が激突するや否や、ゴーランとスレンが動いた。

二人は全速力でブラッソの後ろに回り込み、走りながらスキルを発動させる。

「はあああああぁぁぁぁぁぁああああああ！！！！！」

「うおおおおおおらああああああああ！！！！！」

スレンは細剣術のスキルで得られる技——三連突きを、ゴーランは剣術スキルで得られる技——スピードを剣の威力に加える、ダッシュブレイクを、それぞれ放った。

ここでゼルートは、隙《すき》を突くためにわざわざ後ろに回ったんじゃないの⁉　そんな大声出したら意味なくないか⁉　とツッコミたかったが、それはぐっと抑える。

そして、二人の剣に意識が集中させる。

なんと、スレンの剣は雷の魔力を纏《まと》い、ゴーランの剣は魔力で覆われていた。

（…………いいじゃねえか。まさに限界を超えた一撃ってやつだ。いいぞ、すげえじゃねえか二人とも！！！！！　さいっこーーーーにかっけーーーぞ！！！！！）

二人の己の限界を超えた一撃は、確かに決まった。決まったが……Aランクの壁はやはり果てしなく高い。

「サスガダナ。イイイチゲキダ。オレガチヲナガシタノハ、ゼルートタチトノモギセンイライダ」

剣が当たった部分から少し血が流れている。それが、二人がブラッソに与えたダメージの結果であった。

最後に攻撃を決めた二人は限界が来たのか、崩れるように地面に倒れた。

「くっそお、おお……俺はまだ………………」

「くっ……壁は、とんでもなく高いね」

ゴーランとスレンは悔しそうに気を失った。

ゼルートがリルとマーレルを見ると、二人も魔力を使い切ったせいか、気を失っていた。

(俺が言うことじゃないけど、四人とも十歳にしては大したもんだな)

「ゼルート、オマエノトモハ、ナカナカノチカラト、ココロノツヨサヲモッテイルナ。アトジュウネンホドスレバ、オレト、イイタタカイガデキルダロウナ」

ブラッソの言葉を聞き、確かにその可能性はあるかもしれないなとゼルートも思ったが、ふとあることに気づいた。

「なあ、ブラッソ」

「ナンダ、ゼルート」

ブラッソは四人の強くなった未来を想像しているのか、口角を上げていた。

「ブラッソはこれからも強くなるつもりなんだよな」

「アア、モチロンダ。コノイノチツキルトキマデ、ツヨクナルツモリダ」

「なら、十年後も同じような結果になるんじゃないのか？？？？」

「…………」

(まあ、成長のスピードは子供である四人の方が一定時期までは早いだろうから、『もしかしたら』はあるかもしれないな)

その後、ゼルートは四人を並べて寝かせ、それからは戦いの感想や、新しい武器の相談など、他愛もない話題でブラッソと盛り上がる。

三十分ほどしてから、ようやく四人が目を覚ました。

「うっ……確か私は、最後にマーレルちゃんと魔法を撃って、それから……あれ、ゼルート君」

「……っつ、俺は寝てたのか？　そういえば最後は……くそっ!!」

「……うっ、ここは……ゼルに黒いオーガ……そう、負けたのね」

「……目の前に空が映ってるということは……そうか、やっぱりまだまだだね」

リルは最後のことをよく覚えていないらしく、少し混乱気味だった。

ゴーランは、自分の攻撃が全く効かなかったことを思い出したのか、悔しそうに顔を歪《ゆが》める。

マーレルは、ゴーラン同様悔しそうな表情をしていたが、どこかやりきった感もあった。

スレンも、悔しがりつつも、瞳からはこれからまだまだ強くなるという、確かな意志が感じられる。

ゼルートは四人に声をかける。

「とりあえずはお疲れさん。結構よかったと思うぞ」

その言葉にリルとマーレル、スレンは笑みを浮かべていたが、ゴーランは怒りを露わにした。

「ふざけるなよ、ゼルートッ！！！　アレのどこがよかったっていうんだよッ！！！」

ゴーランの言葉を聞いて、ゼルートは四人の戦いを振り返った。

（あ～～～……まあ、お世辞《せじ》にも互角だったとは言えない。というか、勝負にもなっていない。よかったっていうのも、年の割にはよく戦えたんじゃないかって意味だからな。ただ、今回は彼らの天狗になった鼻を折るのが目的だったんだ。……そちらもやっとかないと……）

ゼルートは少し威圧しつつ、ゴーランに告げる。

「…………あまり調子に乗るなよ、ゴーラン」

「「「っ！！！！」」」

低く、でもしっかりと聞こえる声に、ゴーランだけではなく、他の三人もびくっと肩を震わせる。

ゼルートはそれを無視して、言葉を続ける。

「ブラッソはAランクの魔物だ。いや、力だけならSランクの魔物にも負けない。しかも、まだ生まれて十年、圧倒的に経験も努力も足りないお前が、長い間、常に死と隣り合わせの世界で生きてきたブラッソと互角に戦おうなんて、傲慢《ごうまん》が過ぎるぞ。もしブラッソが最初から本気を出して戦っていれば、お前は三秒も経たずに死ぬぞ」

「…………っ！！！」

ゴーランへの言葉は嘘ではない。むしろ、三秒どころか一秒で殺されてしまうだろう。

「お前は、ブラッソからすると、殺さないように手加減をして慎重に相手しなければいけない相手なんだよ。あまり思い上がるなよ」

「……………」

ゴーランもそのことを頭では分かってはいたが、実際に言われるとかなりショックを受けたらしく、黙り込む。

ただゼルートは、ゴーランならすぐまたいつもの調子に戻るだろうと思い、反省会に移る。

反省会は、三十分ほど続いた。

リルは、魔法の発動速度や威力に関しては、今の状態で文句なし。

もしかすれば、あと何年かで無詠唱を覚えられる可能性がある。

短剣に関しても、本職が魔法使いの割には上々だ。欲を言えば、もう少しスピードが欲しいといったところだろう。

課題は、攻撃魔法をただ相手に当てるのではなく、次の攻撃への布石に使えるようにすることだった。

ゼルートは、とりあえずいくつか例を教えようと思ったが、頭がいいリルなら、いつか自分で気づくだろうと、ヒントだけを出しておいた。

(あとはリルの発想次第だ。うまくいけば、この四人のパーティーの攻撃の起点となるはず)

次はゴーラン。十歳にしてはかなり動けている。太刀筋も悪くない。

将来性はかなりのもの。最後の魔力を剣に纏《まと》わせた一撃もよかった。

ブラッソは、この攻撃にはいい評価をつけていた。

ただ問題は……ゴーランの性格ゆえか、動きがまっすぐで力押しの面が強いこと。リルと同じく、攻撃を全て当てようとしか考えていない。牽制《けんせい》、誘導といった考えが全くない。

もちろん、そちらについてはスレンの方が圧倒的に上手いだろう。だが、だからと言ってゴーランが全くできなくていいというわけではない。最低限のテクニックは必要だ。

獣のように動き、直感的に相手の攻撃を躱《かわ》したりできるのであれば文句は言わないが、生憎《あいにく》とゴーランにそんな才能、特性はない。

だから、剣腹で相手の攻撃を逸《そ》らし、小盾を上手く使うか、相手の攻撃をどの方向から来るのか予測して攻撃を躱《かわ》す方法を覚えることが、彼の課題だ。

それを聞いたゴーランは、やはりそういったことは苦手なのか、口をへの字にし、もの凄《すご》く面倒くさそうな顔をしていた。

マーレルはリルと同じく、欠点という欠点はない。魔法に関しては、リルほどではないがなかなかの腕。まぐれかもしれないが、リルと一緒にユニゾンマジックを発動させただけのことはある。

サブの武器である鞭《むち》も悪くない。たまに使っているナイフによる投擲《とうてき》も、練習次第でまだまだ上達するだろう。

よくないところと言えば、鞭《むち》術のスキルで得られる技、拘束に頼りすぎているところ。

確かに拘束は強いが、相手の筋力よりも自分の筋力が上回っていないと効かない。鞭《むち》を引っ張られ、そのまま攻撃を貰《もら》うこともある。

というわけで、拘束に頼らないように、もう少し自分の手札をしっかりと把握《はあく》し、優位な立ち回りを考えること。スレンに次いで冷静なマーレルにならできるだろうと、ゼルートは期待している。

それと、補助魔法を覚えられたら覚えてみようというのも課題だ。

最後にスレンは……言うところがない。最初こそ緊張していて体が硬かったものの、すぐにいつも通りのいい動きになった。そして最後の細剣術スキルの技、三連突きには、ゼルートもブラッソも驚かされた。

それには、短い間だったがしっかり雷が纏《まと》われていた。

この歳で属性魔法を武器に纏《まと》わせることができるのは、才能、センスがあった上できちんと努力を積み重ねないといけない。

(これからも鍛錬を続ければ、もっと長い時間使えるようになるだろうな)

課題は、邪道な技の習得。簡単に言えば、近接格闘で使える暗殺術などの奇襲に近い技だ。

スレンには似合わないし、本人も少し渋《しぶ》い顔をしているが、これができるようになれば、さらにパーティーの力が上がり、もしものときの切り札になる。

(四人の課題、問題点はこんなところだな)

ゲイルやラルたちに技術的なものを教えることが何回かあったゼルートだが、今回はいつもと教える内容が違い、育成という考えが強かったので、普段より頭を使う結果となった。

四人の反省点、課題点を指摘した後は、ブラッソが今まで戦ってきた魔物の特徴、倒し方の講義を行う。

もちろんブラッソから見た魔物の強さは四人とはかなり違うが、特徴や注意点などは聞いておいて損はない。その他にも、ことは環境が違う場所での戦いについても、ブラッソは四人に伝える。

ゼルートも、今まで訓練してきた、ちゃんと地面がある場所でなら、普通に戦え、機転を利かせることができる。

しかしこれが沼地、密林、雪原、砂漠となると、そう簡単にはいかない。

（というか、正直自信がないな。だって、足を思いっきり踏み込めば、地面に沈むんだろ……うん、やっぱり怖いな。前世で雪がたくさん積もったときに走ったらマジでこけそうになったので、不安しかない。沼地、密林も高確率で転ぶと思う。そして砂漠に関しては、本当に未知の領域だ）

そして最後に、ブラッソは真剣な顔で、戦いに勝った後に気を抜きすぎるなと、四人に伝えた。

死んだと思って近づいたら、強烈な攻撃を食らって、逆に追い詰められる——

それは、ブラッソ自身の体験談であったため、四人の顔が若干《じゃっかん》怯《おび》えた表情に変わる。

ゼルートもの凄《すご》く同意した。

この世界の魔物は、ランクが高いほど知能が高くなる。また、ランクが低くても、多く群れを作る魔物の中には知能が高いものも存在する。しかも、知能の高い魔物は狡猾《こうかつ》な思考をする個体が多い。

弱肉強食の世界で生きてきたのだからそれが自然なのかもしれないが、何も知らない者はあっけなく殺される。

ブラッソが話し終えると、日が傾きはじめていた。

今日の授業料ということで、ゼルートは四人にバレないように、ブラッソに創造スキルで出した料理を大量に渡したあとで、みんなで帰ることにした。

森から街への帰宅途中は、行きほど会話がなかった。

決して表情が絶望的になっているわけではない。

むしろ今より絶対に強くなってやるという決意が四人にはある。

だが一人、追い詰められた表情をしている者がいた。

村に着いたときには夜になっており、そのまま解散となる。

三人はそれぞれの家に帰ったが、一人だけすぐに帰らず、ゼルートに近よってきた。

「なあゼルート、少し時間あるかな」

話しかけてきた人物は、ゼルートにとって珍しかったのだが、スレンだった。

（スレンが俺と一対一で話したいなんて珍しいな）

「ん〜……まあ、まだ門限まで時間あるからいいよ。場所は変えた方がいいか？」

「そうだね。少し場所を変えよう」

（なんだろうな…………真剣な表情ではあるが、それだけじゃなく、誰かを心配しているようでもあるな）

ゼルートは、スレンが誰のことを心配しているのか、大体は察した。

そして、普段は誰も来ない街の外れへと移動する。

二人で地面に座ってから、スレンが口を開いた。

「それで話したいことなんだけど――」

ゼルートはスレンの言葉に被せる。

「ゴーランのことについてか」

「っ！！　分かっていたんだね。君はなんでも分かっているんだね」

仲間思いのスレンだからということもあり、なんとなく予想はできた。

戦いの後、ゴーランだけが追い詰められた表情をしていたのを、ゼルートは思い出す。

「バーカ、なんでもないわけないだろ。俺は神様じゃないんだ。なんでもは分かんねーよ。ただ、今日のゴーランの表情とお前の性格からして、そうかもしれないって思っただけだ」

「そっか。なら話は早いね。ゼルート、今のゴーランに、なんて声をかけたらいいと思う」

スレンの問いに、ゼルートはかなり頭を悩ませる。

(なんて声をかけたらいい……か。正直言って、それこそ分からないというのが本音だ)

スレンはクライレットに似たタイプであり、かなりのハイスペックだ。

顔は可愛《かわい》いを抜け出し、カッコよくなってきた。

そして…………モテる。

剣士としての腕も、ゴーランより上。魔力量はゴーランの十倍は有している。将来的には、魔法職専門の者より多くなる可能性だってある。

言い方は悪いが、ゴーランのスペックはスレンに比べるとほとんど劣っている。

そういうことを踏まえて、ゼルートはスレンがどう言えばいいか考え抜いた結果…………かなり少年漫画っぽい案しか思いつかなかった。

「スレン。お前にとって、ゴーランはどんな存在だ」

その問いに、スレンはすぐに答えた。

「ゴーランは僕にとって大切な友達で、将来一緒に冒険する、背中を預ける仲間で……絶対に負けたくないライバルだよ」

その答えは、ゼルートがある程度は予想していた内容だった。

今のゴーランに必要なのは、そういうことを真正面から言ってくれる友達、親友だと、ゼルートは考えた。

「ならもう答えは出ている。今お前が言ったことを、そのまま真剣に伝えてやれ。人が思っていることは言葉に出さないと、案外分かってもらえないもんだ。だからそうだな……今日はもう遅いから、明日にでも伝えてやれ」

ゼルートの言葉にスレンは頷《うなず》き、さっきまでの不安そうな顔ではなく、いい笑顔になっていた。

そして立ち上がろうとするとき、スレンがふとゼルートに尋《たず》ねる。

「そういえば、なんでゼルートは言葉をかけないんだい？」

その言葉に非難の意味は含まれておらず、単純な疑問だった。

頭をかき、ゼルートは苦笑いしながら答えた。

「ほら、今日俺がゴーランに言ったこととかを考えるとさ……嫌味かよってなるだろ。それに、お前にとってのゴーランと、俺にとってのゴーランは違うからな。一つ目は同じだけど、二つ目と三つ目がな」

将来一緒に冒険する仲間ではなく、ライバルでもない。そう伝えられたスレンは、少し悲しそうな表情になる。

「薄々気づいていたけど、ゼルートは僕たちと一緒に冒険者になって、パーティーを組まないいんだね」

「ああ。まあ……俺には俺のペースってのがある。それは、お前たちのとは違うだろうからな。別に心配することはねえよ。冒険者をやってれば、いずれどこかで会えるんだからさ」

「そうだね……三つ目も、無理なのかな」

スレンの言葉にどう返していいか、悩む。

今の時点では無理と言ってもおかしくない。

だが、スレンが今日見せた才能の片鱗を考えると、完全に否定はできなかった。

「そうだな………とりあえず、今のところはそうはならないな」

「っ!!」

ゼルートの答えにスレンは悔しそうな表情を浮かべ、拳を強く握りしめる。

しかし、ゼルートは言葉を続けた。

「でも、五年後、十年後にどうなってるかは分からない。お前たちには確かな才能と、それを腐《くさ》らせないために努力を続ける力がある。お前たちの伸びしろはまだまだある。だから、いつかはそういう関係になるかもしれないな」

いずれはライバルと呼べる存在になるかもしれない。その言葉を聞けたスレンの心の中は、嬉しさが溢《あふ》れていた。

だが、ゼルートはニヤッと不敵な笑みを浮かべる。

「けど、お前たちが成長している間に、俺も成長し続けてるんだから、気を抜いていると一気に突き放すぞ」

スレンは一瞬目を丸くするが、すぐに彼らしからぬ好戦的な笑みを浮かべて、強気で泥臭いセリフを返す。

「そうならないように、地面を這《は》いずってでも追いかけるよ」

お互いにニッと笑うと、お互いに家へ帰った。

◇

そんなことがあってから、しばらくして――

「よし……ここら辺なら、人に見つかることはないだろう」

錬金術で試してみたいことがあったゼルートは、街の外のなるべく人目につかないところに来ていた。

「さて、実験の準備を始めるか」

地面に、創造スキルで作ったブルーシートの上に材料を置き、それらを眺める。

ロックリザードの魔石六個、フライメタル鉱石大量、スタールタートルの甲羅四つ。ストーンガの血たくさん、ファングタイガーの肉一体分、ハイ・コボルトリーダーの骨一体分。

(うん、これだけあれば、結構いいのが作れるだろう)

ゼルートは、以前より考えていたゴーレム作りにとりかかる。まずはそのための実験……のつもりだ。

ただし、単なるゴーレムではない。錬金術により外見も性質も好きなようにカスタマイズした存在――錬金獣を作るのだ。

なお、錬金獣を作る錬金術師は数多くおり、生み出された錬金獣も動物の形をしたものや昆虫型、またはキメラのような混合種といったように、実に様々なタイプが存在している。

その中でもゼルートは、人間に近い体格の錬金獣を作ろうと考えている。

（幸い人の体の構造なんかは、創造で作り出した医学書が役に立つはずだ。創造スキル様々だな。てなわけで……実験開始！！！）


そして頭をフル回転させ、考えに考え抜いて作業し……約五時間が経過した。

「おし！　よう……やくできたあああああああ！！！！！」

ゼルートの記念すべき錬金獣一体目が完成した。

（いや～マジで長かった。これだけ何かに集中したのは初めてじゃないか？）

途中までは、人間の構造をベースにすればいいと考えていた。だが、関節を動かす範囲が広ければ、それだけ戦い方の幅が広がると思い、無理のない範囲で弄《いじ》っていく。また途中で、メインの攻撃方法は、拳と足にすることにしたので、その点でも錬金獣の構造は変わった。

しかも、そうはいっても何か武器でも持たせた方がいいかもと考えた。本当は鍛冶師に頼んで、しっかりした武器を作ってもらった方がいいのは分かっているが、つい採掘した鉱石を使い、創造

スキルも併用して剣を作製してしまった。

武器を持たせたことで、さらに余計に作業が増えてしまう。

錬金獣の動きは、基本的に作る人の技量によって変わる。技量が低ければ動きの種類は少なく、高ければ複雑な動きも行えるようになる。

動かすには、生物にとっての血管のように、魔力回路を組み込む必要がある。しかしゼルートはそれを面倒に思い、創造スキルで動きのプログラムを作ってインストールした。

これにより、一般的な錬金術師が作るよりも早く作業が終わるはずだった。しかし、普通の人型より関節の稼働範囲を広げたことと、剣を持たせたことで、作業時間は二倍、三倍となった。

「まっ、上出来だろうな。名前はどうしようか……そうだな、グロイアスでいいか」

（うん、相変わらずよく分からないセンスだな）

自分のセンスがいいのか悪いのか、いまいち自分でも決められないゼルートだった。


でき上がった錬金獣――グロイアスの見た目は悪くない。

身長は二メートルほど、体の色は灰色。拳と足はスタールタートルの甲羅を使用したため、深緑色に変わっている。体の節々には、フライメタルをメインに、スタールタートルの甲羅を少々加え、攻撃を防御できるようになっている。

そして、ロックリザードとストーンガの素材を使ったので、土魔法の中級、風魔法の初級が使えるはずだ。

ファングタイガーの筋肉を使ったから、素早さはなかなかのものにちがいない。

人の顔をしているが無機質な印象であり、頭頂部にはとがったヘルメットを被っているように見える。

骨格は特に太くも細くもなく、標準サイズ。しかしその力は魔物のそれ。攻撃に使えるよう、体にも鋭利な部分がところどころ存在する。

「おし、これから試しに戦闘を……と思ったが、時間が微妙だな」

ゼルートが顔を上げると、日が沈みはじめていた。

今から家に戻れば、夕食の時間には間に合うだろう。

「……テストは明日にするか」

明日のテスト結果がどうなるか楽しみにしながら家へと帰った。


翌日、グロイアスと一緒に森を走っていた。

後を追うグロイアスは、ゼルートのスピードに難なくついていく。

(ファングタイガーの筋肉を使って得た身体能力のおかげもあると思うけど、フライメタルの性能が理由の一つでもあるだろうな)

体は基本軽く、筋肉は上物、骨だって悪くはない。

そして魔法も少々使える。錬金獣としては高性能だろう。

「おっ、コボルトが六体か。ちょうどよさそうなやつらだな」

手頃な魔物を発見したので、その場に止まって、グロイアスに指示を出す。

「あそこにいるコボルトたちを殺してきてくれ」

グロイアスは軽く頷《うなず》き、一直線にコボルトに走る。

（速いな……Cランクのスピード系の魔物と同等くらい、か）

今、ゼルートがグロイアスに『殺せ』と明確に命令したのには意味がある。

グロイアスは確かに高性能だが、人間のような柔軟性《じゅうなんせい》があるわけではない。倒せと命令するだけでは、結果的に殺してしまうことはあるかもしれないが、基本的に命を奪おうとしない。

ということなので、やってほしいことを正確に伝えないと、思った通りの結果にならないのだ。

面倒かもしれないが、細かい指示がしたいときは、こちらの方がやりやすくもある。

コボルトたちはグロイアスの気配には気づいたようだが、すでに遅かった。グロイアスの拳が一体の顔面にもろに決まり、木っ端微塵《こっぱみじん》に吹き飛んだ。

目の前で起こった出来事に、コボルトたちは硬直してしまう。

その瞬間をグロイアスは見逃さず、すかさず上段蹴りでまた一体のコボルトの頭を刈《か》り取る。

この時点で、コボルトの数は残り四体。

そして硬直が解けた一体のコボルトが、持っていた石槍でグロイアスを突き刺そうとする。

だが、グロイアスがそれを簡単に貰《もら》うはずがなく、そのまま前進しながら突きを躱《かわ》して、逆に顔面に拳を叩《たた》き込んで気を失わせると、足をかけて転ばす。

最後に、腹に下段突きを決める。拳が腹を貫いた。

残りの三体のうち一体が、後ろにさがって弓を引き、矢を放つ。そして、剣を持っていた二体が、同時に斬りかかる。

グロイアスは、先に剣で斬りかかってきた一体の攻撃を躱《かわ》し、強引に首の骨を折って殺すと、その肩を掴み、向かってくる矢に向かって投げつける。

矢は、グロイアスが投げたコボルトの死体に当たった。

グロイアスはその間に、もう一体の剣を持ったコボルトの手に蹴りを入れ、剣を落下させる。

怯《ひる》んだ瞬間に、貫手でコボルトの心臓を一突き。もちろんコボルトは絶命した。

それからも動きは止まらない。

すぐに落ちていた剣を拾い、最後のコボルトに投擲《とうてき》する。

コボルトはグロイアスの動作に反応できず、剣で脳天を貫かれた。

これで、コボルト六体とグロイアスの戦闘は終了。

「……実力差がありすぎたかな？　二十秒と経たず終わっちまったな」

（相手にならなかったな。結局魔法も使わず終わったし。もう少し強い相手を探すか）

魔石は回収し、死体はアンデッドになられたら厄介《やっかい》なので、燃やして灰にしてしまう。

（そうだな……オークでもいればいいんだけどな。そう簡単に見つかるかどうか）

「まっ、まだ時間はあるんだし、探してみるか。行くぞ、グロイアス」

ゼルートがその場から動くと、グロイアスは後を追う。

（DランクやCランクの魔物と遭遇《そうぐう》できるといいんだが……まあ、そこは運しだいか）

二十分後、運良くオークの集団が見つかった。数も多く十体。しかも上位種のソルジャーとメイジもいる。ただのオーク単体はDランクだが、集団で見るとCの上位、十分な相手だな。

（なんか……少し嫌な予感がするんだけど……多分なんとかなるよな）

「おし、グロイアス。あいつらをそうだな……あまり原形を崩さないように殺してこい」

グロイアスは頷《うなず》いて、先手必勝とばかりに風の刃、ウインドカッターを両手から放つ。

放たれた風の刃は、二体のオークの首を斬った。

オークは悲鳴を上げることもなく、自分が斬られたと理解する間もなく命を落とした。

仲間が殺《や》られたことに気づいたオーク集団のリーダー格が声を上げる。グロイアスを見つけ、仲間に指示を出す。

「ブゴオオオオ！！！」

斧や槍を持ったオーク四体、その後ろにリーダー格のオークソルジャーという順番で、グロイアスが襲いかかった。後ろでは魔法の準備をしているオークメイジを、盾を持ったオーク二体が守っている。

（……オークにしては統率が取れているな。嫌な予感が当たっているかもしれない）

グロイアスは腰の剣を抜き、まずは斧を振り下ろそうとしたオークの腹を一刀両断。

その長剣の刃は魔力を纏《まと》わせており、斬るときに全く抵抗がなかったように、ゼルートには見えた。

（なるほど、だから俺が作った即席の剣で、あんなに綺麗《きれい》にスパッと斬れたのか。にしても、魔力を纏《まと》わせたのは、オークの腹を斬る瞬間だけだったな……いくらそういう動きをするプログラムをインストールしたとはいえ、これは…………なかなかエグイくらい上手いな。技術だけで言えば、Bランクの冒険者並みかな）

それからも、残り三体をスピードで翻弄《ほんろう》しながら、うち一体の手を斬り裂き、武器を手放させてから、心臓を一突きする。

横に振られた槍をバク転で躱《かわ》し、ゼルートの一応オリジナル魔法、貫通力が高い小さな風の槍――ウインドピックで脳を貫き、絶命させる。

もう一体は魔力の斬撃で足を切断し、動けなくなったところを中段蹴りで頭を刈《か》り取った。

（やべ～～……グロイアス、マジで強ええ。Dランクでも相手にならないか……力、魔力を考えればCランク。だが技術、戦い方を計算に入れれば、二段階くらい上か。まだ上位種が二体いるけど、多分相手にならないだろうな）

複数のDランクの魔物を一人で倒してしまうのは、錬金獣の中でもかなり高性能の部類に入るが、ゼルートはグロイアスならさらに上のCランクの魔物も問題なく倒せると確信している。

「ブモオオオォォオオ！！！！」

オークソルジャーは剣術スキルで得られる技、斬撃波をグロイアスに飛ばしてきた。

上位種だからなのか、範囲が少々広い。だが、グロイアスには全く脅威《きょうい》ではない。

その斬撃波を、魔力による斬撃を飛ばすことで相殺《そうさい》する。

グロイアスは、魔力の斬撃を放った瞬間、大きく前に跳躍《ちょうやく》して、オークソルジャーの前に着地した。

そして、素早く魔力を纏《まと》った剣で首を一閃。

スパッと綺麗《きれい》な音とともに、オークソルジャーの首が落ちた。

次にグロイアスが残りの三体に目を向けると、オークメイジの魔法が完成したのか、盾を持っていた二体が、メイジの前から退いていた。

中級魔法である火の槍――ファイヤーランスが、グロイアスに向かって放たれる。

こちらも先程オークソルジャーが放った斬撃波と同様、普通より大きい。

リルが放つファイヤーランスの二・五倍は大きい。

一方グロイアスは、風の魔力の斬撃を放つ。

風の斬撃は、火の槍をあっさり両断してしまった。

斬り裂かれた火の槍は木に直撃したので、山火事にならないようにゼルートが水を創り出し、消しておく。

グロイアスはお返しとばかりに、まずはファイヤーランスを防がれたことに驚き硬直している盾を持つ二体のオークの頭にウインドピックを放ち、それからオークメイジに向かってダッシュする。

オークメイジは、魔法で迎撃するには時間が足りないと判断したのか、杖で殴《なぐ》りかかろうとしたが、その前にグロイアスが一刀両断し、絶命させる。

「魔力量も五分の一程度しか減ってないな。まあ、強いことはいいことなんだけどな」

ゼルートは一瞬、こいつを大量に作れば、一国と戦争しても勝てるんじゃないかと思ったが、すぐに頭を横に振った。

オークたちの死体を回収し、今回のことについて少し悩む。

(なんというか……今回のオークの集団は、統率が上手くとれていたな。しかも、一つの集団に上位種が二体か。いや、ないことではないんだが……もしかすると、近くにオークの集落が存在する可能性がある。でもキング種はいないはずだ。Bランク以上のやつらがいれば、気配察知とかのスキルなしでも、なんとなく分かる。だから、いてもジェネラル。しかし、他の個体と比べて能力が高いジェネラル………ほっとくのはよくないな)

それからゼルートは、グロイアスと一緒に気配察知のスキルを使いながら、オークの集落を探す。

捜索を開始して二十分程度で発見した。

ゼルートはオークたちに見つからない距離から、集落を観察する。

「……捕まっている人間はいなそうだな。普通のオークが三十体ほど、上位種のオークが八体、そして………ジェネラルが一体か。しかも、ありゃ成長しているな」

成長した魔物、それは魔物が本来得ることはない身体能力、特性、スキル、魔法を使う魔物のことを指す。単純に言えば、元のワンランク上の強さになる。

(オークジェネラルはCランクの上位だから、Bランクの強さか……ちょうどいいな)

ゼルートは口の端を吊り上げる。

「グロイアス、お前は上位種とあのジェネラルを殺せ。俺は普通のオークを瞬殺する。だから、思う存分殺《や》れ」

主人からの命《めい》を受けたグロイアスは、いつでも動けるように構える。

「しっ………いくぞ！！！」

ゼルートとグロイアスは勢いよく飛び出し、オークの大群に襲いかかる。

もちろん、オークたちもゼルートらに気づく。特に、オークジェネラルの反応は速かった。

(群れのリーダーは、強さよりも危機感知力が重要って本で読んだことがあるけど、本当みたいだな)

しかし、それでもゼルートたちには遅すぎた。

ゼルートは手元に風の魔力を巨大な手裏剣を作り出し、それをオークの集団に向けて全力で放つ。

「サイクロンクワトロブレード」

風の手裏剣は、オークたちが反応できないほどのスピードで彼らを斬り裂いていく。

それはそのまま一周し、ジェネラルと上位種以外のオークのほとんどを倒してしまう。

ゼルートは風の手裏剣を手元に戻して、魔力を自分の体に戻す。

「ん～、やっぱ味気なかったかな。威力を下げれば、もうちょい楽しめたかもしんないけど……新しい魔法の実験ができたってことでよしとするか」

普通の冒険者が聞いたら、何を言っているのだコイツは、と思うかもしれないが、これがゼルートの平常運転だった。

（とりあえず、オークの肉には当分困らないな）

自身の戦いが終わったゼルートは、オークの上位種軍団とグロイアスの戦いを観戦する。

「ブモオオオアアアア！！！！！」

「「「「「ブモオオオォォオオオオオ！！！！！」」」」」

今生き残っているオークは六体。すでに倒されている三体のうち、二体は腹に同じ大きさで穴を開けられており、一体は首がありえない方向に向いている。

（二体は風魔法で殺して、もう一体は首の骨を手で折ったか）

今は二体のオークソルジャーがグロイアスに接近戦を挑み、後ろから二体のアーチャーとメイジが前衛二人を援護する。

ジェネラルは、戦況をじっくり観察している。

しかし、ゼルートはその顔に焦《あせ》りを見た。

（どうやら、俺が普通のオークたちを秒殺したってことを理解したのか。今、このまま戦い続けるか、自分だけ逃げるか考えているんだろう）

「まあ、俺が逃がすわけないんだけどな」

ここで、今まで上位種のオークたちの攻撃を余裕で躱《かわ》していたグロイアスが後ろに大きく跳躍《ちょうやく》し、両腕に風を纏《まと》いはじめた。

それは、この戦いを終わらすという合図のようだった。

グロイアスは着地すると同時に、走り出す。

「さてと……結果はさっきと大して変わらない気がするな」

相手がいくら上位種とはいえ、ゼルートの予想では十秒もあれば終わる。

(圧倒的すぎると言ってもおかしくはない。攻撃力、防御力がCランクって言ったのは嘘じゃない。単に速さは少し上だったかもしれないけど、このオークたちに比べて、そこまで戦力に差はない。攻撃の仕方が上手いだけだ。防御も回避も達人のそれだな)

グロイアスを作って戦わせたのは今日が初めてなのだが、普通なら傷の一つや二ついてもおかしくないのに一切なかった。

(……これで軍隊とか作ったら、本当に国を滅ぼせそうだな)

グロイアスは命令がなくても、目的を示してやれば、その場の最善の行動を即座に取れることが分かった。

驚異的な速さで上位種を倒し、残りはジェネラル一体だけとなった。

オークソルジャー二体には、それぞれ一度の突きで急所を潰《つぶ》し絶命させた。アーチャーとメイジには、オークソルジャーが使っていた武器を拾い、風でブーストさせ顔面に投擲《とうてき》。見事に炸裂した。

それを見たオークジェネラルは、自分では勝てないと判断したのか、後ろを向いて逃げ出そうとしたが、それをゼルートが見逃すことはない。

そもそも、オークの足の速さでは彼から逃げることは不可能だった。

「アースウォール」

ゼルートは、オークジェネラルの後ろ一帯に、大地の壁を作る。

高さ六メートル、幅二十メートル、厚さ二メートルの壁。跳ぼうが打ち破ろうが横に走ろうが、そうしている間にグロイアスに殺されるだろう。

逃げられないことを悟ったオークジェネラルは、覚悟を決めたのか、気合を入れて大剣を構える。

その大剣を見て、ゼルートは少し違和感を覚えた。

「あの大剣、もしかすると……」

ゼルートはオークジェネラルが持っている大剣を鑑定する。

オークジェネラルの大剣　ランクB
長年オークジェネラルに使われたことによって追加効果を得た大剣。
装備者の攻撃力を上昇させる。
身体能力強化レベル３の恩恵を得る。

「ビンゴだな」

普通の武器でも、長年魔物に使われると、その魔物の名前がついた武器に変わり、性能も強化される。

(そんなに欲しいってわけじゃないけど……あるに越したことはないな)

ゼルートはグロイアスに、一つ指示を追加する。

「グロイアス!!　そいつが持っている大剣は回収しろ」

指示を受けたグロイアスは、小さく頷《うなず》いた。

よし！　と思ったゼルートだったが、すぐに後悔する。

(待てよ。あのオークジェネラルから大剣を奪ってしまったら、余計に勝負にならないんじゃないか？　やっちまったな～～～。でも、今更命令変えるのもなあ。まあ、どちらにせよ、時間はかからないはずだ)

そう思い、グロイアスとオークジェネラルの一騎打ちを眺める。

(もって……三分ぐらいか)

ゼルートの意に反し、そう簡単にはいかなかった――

「ブモオオオ……」

「…………………」

両者ともにわずかの間、硬直した。

オークジェネラルはどうやって攻めるかを考え、グロイアスは、その攻撃にどうやって対処し、なおかつ相手の大剣を傷つけないように奪えばいいか、いくつかの選択肢を検討していた。

先に動いたのは――オークジェネラルだった。

「ブモオオオォォォオオオオオオオオオオ！！！！！！」

気合い一閃とばかり大剣を上段に構え、グロイアスに向かって突っ込む。

それに対して、グロイアスは剣腹を使って受け流すことを選び、剣を中段に構えた。

グロイアスの選択は間違ってはいない。間違ってはいないが、今回上手だったのは、オークジェネラルだった。

オークジェネラルは、グロイアスが自分の間合いに入る前に、大剣から斬撃破を放つ。さらに、その勢いのまま大剣を地面に突き刺して地面を抉《えぐ》り、土や石をぶつけて目潰《つぶ》しを図る。

それを見て、ゼルートは感心した。

（ただの猪突猛進なバカではないみたいだな。なんというか……長年生き残ってきたがゆえの戦い方って感じだ）

そして、そこからまた突進するのではなく、大剣を横に大きく薙《な》ぎ、再び斬撃波を放つ。

（すげえな。さすが成長している魔物だな。こいつの場合は群れを率いていたわけだし、頭の方も成長した可能性がある。まあ、俺とグロイアスを見た瞬間に逃げ出さなかったのは、相手の戦力分析能力が低かったとも言えるけど。それでもセンスはある方か。……これはちょっと分からなくなってきたな）

だが、グロイアスの状況判断能力も負けてはいない。

目潰《つぶ》しに惑わされることなく、大剣から放たれた斬撃波を、クラウチングスタートの体勢で躱《かわ》す。そして斬撃波が頭上を通りすぎた瞬間、走り出し――思いっきりオークジェネラルにタックルをぶちかます。

「ブモオオオ!?」

足に風の魔力を纏《まと》わせてのタックルはあまりに速く、オークジェネラルは気づいたのだが、脳から体に避けるよう命令が届く前に食らってしまった。

（斬撃破を放ち、目潰《つぶ》しまで行う。それには感心したけど、ぶっちゃけグロイアスの目は飾りだから、目潰《つぶ》しとか意味ないんだよな～）

続けて、相手が無防備になった隙《すき》に、グロイアスはオークジェネラルの大剣の柄《つか》に裏拳をぶつけ、手から大剣を弾き飛ばす。

ここで、勝機とばかりに、グロイアスは風の魔力を掌《てのひら》に集め、張り手をオークジェネラルの腹に決めた。

「ブモオオオオオアアァァァ…………ブモアアアアッ!?」

勢いよく吹き飛んだオークジェネラルは、岩の壁にぶつかり、崩れ落ちる。

（……勝負あったかな）

そんなゼルートの予想を、オークジェネラルはいい意味で裏切ることになる……

（俺が期待していた展開にはならなかったけど、最初のあの攻撃には驚かされたし、見た甲斐《かい》はあったな）

そう思いながら、ゼルートはオークジェネラルの大剣を回収し、戦いの結末を確認しようとする。

念のために、首を刎《は》ねるか心臓を貫こうと思っていたが、予想外なことが起きた。

「ブモォオ…………ブモオオオォォオオオオオオオオオオオ！！！！！！！」

すでにこと切れていると考えていたオークジェネラルが、爆音のごとき雄叫《おたけ》びを上げた。

そして、両拳に炎を纏《まと》い、グロイアスに殴《なぐ》りかかる。

「……はっ!!　そう来るか……いいな、すげえいいぞ。負けるなよ、グロイアス！！！」

グロイアスは、オークジェネラルの炎の拳に対抗しようと、土魔法で岩を纏《まと》わせた拳でオークジェネラルを迎え撃つ。

最初の一撃を決めたのは、グロイアスだった。オークジェネラルの右ストレートを左手で軽く流して懐《ふところ》に潜り込み、重さが乗ったパンチを腹にぶち込む。

さっきまでなら、この一撃で決まっていた。

しかし、オークジェネラルは多少は後ろに吹き飛ばされたものの、腹を貫かれてはおらず、すぐにグロイアスに殴《なぐ》りかかった。

「っ!?　嘘だろ、拳にはスタールタートルの甲羅を使っているんだぞ！　それに、土の魔力で岩を纏《まと》っての一撃だ。それを食らってすぐに反撃に出るとか……普通はあり得ないだろ」

成長した魔物とはいえ、あり得ないことだと思い、ゼルートはすぐにオークジェネラルを見た。

すると、魔力が全身を覆っている。

それ自体には驚かない。魔力による身体強化ぐらいできてもおかしくはないランクの魔物なのだ。

しかし、その身体強化に使用している魔力の量に驚く。

全力で魔力を使用しており、オークジェネラルの魔力は、あと四十秒から一分ほどで底を尽いてしまうだろう。

まだ今もグロイアスとオークジェネラルの攻防は続いている。

お互いに蹴り、拳、肘、膝、貫手、頭突きなどの攻撃を、絶え間なく繰り出す。

最初は荒かったオークジェネラルの攻撃が、攻防を繰り返すことで、だんだん洗練されていく。

だが、その攻撃はまだグロイアスに届いておらず、一方グロイアスの攻撃は的確に当たっている。

そろそろオークジェネラルの魔力が切れる。それでも、一向にオークジェネラルの攻撃は緩《ゆる》まない。むしろ激しさが増している。

「どういうことだ？　そろそろ魔力切れで倒れてもおかしくないはずだ……まさか！！」

慌《あわ》てて鑑定眼を使い、オークジェネラルのステータスを確認する。

すると、状態に痛覚無効が入っている。そして、すでに魔力の残量はゼロ……だが、まだオークジェネラルは体に魔力を纏《まと》い続けている。そんなこと……自らの命を魔力に変えないとできない。

つまり、命を削ってまで、目の前の敵に勝とうとしている。

ゼルートはそれを知り、打ち震えた。そして……グロイアスに嫉妬《しっと》した。

外に出て魔物と戦うようになってから、ここまでして自分を倒そうとする敵はいなかった。

大抵は、そんな状況になる前に決着がつく。

だから、戦ってみたいと思っていた。自分の命を賭してでも勝とうとする敵と。

だが、そういった熱い戦いにも、終わりが迫っていた。

オークジェネラルの速さ、技の威力はまだ落ちてはいない。

けれど、もう体が限界だ。これ以上、グロイアスと殴《なぐ》り合いをしても、体力切れで負ける。

オークジェネラルもそれを悟ったのか、後ろに大きく飛び、最後の賭けに出た。

「ブ、モオオ、オオオオオオオオオオオ！！！！！」

拳に纏《まと》っていた炎が、さっきまでの五倍以上に膨れ上がる。

（本当に、最後の賭けに出る技、といったところか）

グロイアスがこの後の攻撃を躱《かわ》し、綺麗《きれい》にカウンターを決めて終わらせる。そんな決着を、ゼルートは見たくなかった。

だから、グロイアスに自身の我儘《わがまま》を伝える。

「グロイアス！！！　真正面から受けて立つんだ！！！」

グロイアスはカウンターという選択を消し、作戦を切り替えた。

残りの魔力量は一切気にせず、足と拳に風の魔力を纏《まと》う。

拳に纏《まと》っている風は螺旋《らせん》状に回転しており、文字通り相手の命を奪う凶器と化す。

そして準備が整い、両者とも最後の一撃を決めるべく動き出す。

「ブモオオォォオオオオオオオオオオオオオオオ！！！！！！！！！！！」

「…………ッ！！！！！！！！！！」

オークジェネラルは今までで一番の雄叫《おたけ》びを上げ、グロイアスも表情に変化はないが、気合いが入っているように、ゼルートには見えた。

オークジェネラルの炎を纏《まと》った拳の一撃と、グロイアスの螺旋《らせん》の回転を纏《まと》った拳の一撃――どちらもかなりの威力を持つ。

グロアイスの一撃は、もちろんオークジェネラルの命を吹き飛ばすだろう。オークジェネラルの一撃も、当たりどころが悪ければ、グロイアスの機能を停止させてしまう。頭にもろに当たれば、砕けはしないが、ちぎれて吹っ飛んでしまうかもしれない。

――両者の拳が激突した。

衝撃により、土煙が舞う。しばらくしてそれが晴れたとき、立っていたのは……グロイアスだった。

オークジェネラルの死体は、右腕が消し飛んでおり、頭部も綺麗《きれい》に消えていた。

グロイアスの勝因はというと、単純に技術の差だった。

拳と拳が激突する瞬間、足に纏《まと》っていた風の魔力を即座に拳に送り込み、踏ん張るという行動を捨て、攻撃に全てを使った。

結果、グロイアスが右腕を吹き飛ばしても勢いを落とさず、オークジェネラルの頭を打ち砕いた。

(真正面からぶつかったんだし、小細工とも言えないな。本当に、今日はいい戦いを見せてもらった。追い詰められた獲物ほど怖い相手はいない、ということか。グロイアスの体力は無尽蔵だが、魔力は有限だ。今はその魔力が空っぽだ。最後の一撃は、本当に本気の一撃だったわけだな)

その証拠に、オークジェネラルの後ろの地面や木々が抉《えぐ》れている。螺旋《らせん》の回転の風を纏《まと》った一撃の余波だ。

(にしても……そんな余波があるのに、オークジェネラルの体がそこまで抉《えぐ》れていないってのは、自分で作っといて言うのもあれだが、器用なやつだな。おかげで素材が回収できる)

何はともあれ、ゼルートの試作品第一号の錬金獣、グロイアスの実験は大成功を収めた。

第三章　旅立ち

（う、ん……朝か。出発の準備をしないとな）

グロイアスとオークジェネラルの激闘から二年経ち、ゼルートはとうとう十二歳になった。ついに冒険者の第一歩を踏み出す日が来たのだ。

この二年で、色々なことがあった。

まず、ゼルートに妹が誕生した。名前はセラルだ。

（姉さんと同じく綺麗《きれい》な金髪で、顔はとても可愛《かわい》くて、守ってあげたくなる感じの女の子だ。俺のことをいつも「ゼルお兄様～」と呼んでくれる。ロリコンではないのだが、つい頭を撫《な》でてしまう。その度にセラルが「えへへ～」と可愛《かわい》く笑う顔がまたたまらない）

ゼルートは、初めてできた妹の可愛《かわい》さに骨抜きにされている。

そして、二年前にクライレットが、一年前にレイリアが、王都にある貴族の学校に通いはじめた。

二人は学校で非常にモテている。

クライレットは父のガレンやゼルートに手紙で、女性たちからお茶に誘われたり、買い物に付き合わされそうになったりするのだがどうしたらいいのかと、度々助けを求めている。

婚約の話も多数来ているという。

そんな状態なら、さっさと自分がいいなと思う女の子を見つけて、婚約してしまえばいいと、ゼルートは返した。だが、そんな簡単には見つからないので、どうしたらいいのかと、意見を再度求められてしまった。

（とりあえずあれだよな。前世の一部のやつからしたら、リア充死ね！　といった感じだろうな）

クライレットは、前世でいうまだ中学二年生なのだが、本当にクールイケメンメガネで、性格がよく、実力もあるので、モテるのが当たり前だ。

モテすぎて困っている兄に対して、ゼルートは、目標を作ってそのことに今は集中したいから婚約はできないんだと言えばどうだろうか、と改めて手紙を送った。それでうまくいったらしい……今のところは。

レイリアも、クライレットと同じような状況に陥《おちい》っている。

兄と同じく顔が整っており、髪も綺麗《きれい》で、基本的にはとても優しい人格者。体形も十三歳にして、出るところは出て、引っ込むところは引っ込んでいて、言い方は古いがボン！　キュ！　ボン！だった。だから、告白やデートの誘いはもちろんのこと、婚約を迫ってくる男子が後を絶たない。

彼女からの手紙の七割ぐらいは愚痴《ぐち》である。

最後にやはり、この状況をどうしたらいいかという相談があった。

ゼルートは、クライレットと同じ内容を書こうかと考えたが、バカな貴族の男どもは簡単には諦《あきら》めないだろうと思ったので、兄を盾にしたらどうだろうかと送る。

（多分、姉さんなら理解してくれるはずだ）

リルとゴーランとマーレルとスレンは、四人とも冒険者になることを決めたようだ。

四人とも、魔法や各々の武器の使い方も上達している。

特にリルの魔法の腕は、ゼルートの目から見てもかなりのものだった。

レミアもリルの魔法の腕を褒《ほ》めており、将来を期待している。

従魔たちはそれぞれの課題をクリアし、実力をつけた。特にゲイルとラームは、種族内では最強となっている可能性が高い。

なお、ブラッソは彼自身の申し出により、ゼルートの従魔になった。

ブラッソとラルも、二年前に比べて強くなっている。

この二年間は、ゼルートたちにとって実力を伸ばすのに有意義な時間だった。

「さてと、そろそろ父さんに挨拶《あいさつ》して行くとするか」

◇

度の支度を終えたゼルートは、両親とともに屋敷の前にいた。妹はまだ寝ている。起きていたら、きっと泣いて旅立ちを止めるであろうから、そのままにしていた。

「本当に一人で行くのか、ゼルート。すぐに冒険者になるより、王都の学校を卒業してからの方がいいんじゃないのか」

ガレンがいつになく心配そうに言う。レミアも同じような顔をしている。

（そういえば、父さんたちにはゲイルたちのことを言ってなかったな）

「大丈夫ですよ。父さんも僕が強いのは知っているじゃないですか。父さんがくれた腕輪型のアイテムバッグがあるから、ひもじい思いをすることもないでしょうし。それに、僕にはちゃんと仲間がいますよ」

「それはそうだが……ん？　今、仲間と言ったか？　まさか、リルやゴーランたちと行くのか？」

「違いますよ。みんな、出てきてくれ！」

ゼルートは、ゲイルたちだけに伝わるように、音魔法で声を飛ばす。

四体はゼルートの従魔ということになっているので、互いのところに行くときだけ、転移魔法が使えた。ただ、この能力は容易に得られるものではなく、お互いの絆《きずな》が深まったがゆえのものだった。

四体は、突然ゼルートの隣に現れた。

ガレンとレミアは全く予想していなかった事態に、目を見開いて固まってしまう。

「こ……これが、全員ゼルートの従魔、なのか？」

「そうですよ。みんな、自己紹介をしてくれ」

まず、ゲイル、ラーム、ラルの順に自己紹介を行う。

「お初にお目にかかります。ガレン殿、レミア殿、私は希少種のリザードマンのゲイルと申します。これからゼルート殿のことは、命を懸けてお支えします。何卒よろしくお願いします」

ゲイルは綺麗《きれい》に深く腰を折って挨拶《あいさつ》する。ガレンとレミアはまず、魔物が人の言葉を喋《しゃべ》ることに驚き、続いてその礼儀正しさに驚嘆する

「そ、そうか。ゼルートのことをよろしく頼むよ。でも死んではだめだよ。君が死んでしまっては、ゼルートが悲しんでしまうからな」

「……さすがはゼルート殿の父親だ。ゼルート殿と同じことを言われてしまった。もちろん、ゼルート殿を残して死ぬようなことはいたしません」

「そうか、それならいいんだ」

「ピイイ。ピピピ。ピイイイピイイ！」

「僕の名前はラームです。ゼルートさんのお父さん！　ゼルートのお母さん！　僕が精一杯ゼルートさんのために戦うので、安心してください、と申しております」

ゲイルがスライムのラームの言葉を訳し、二人に伝える。

「ああ、君みたいなとても強いスライムがいるのなら安心だな」

「そうね。とても頼りになりそうな子ね」

スライムが従魔——戦闘経験がない者が見れば、なんでそんな弱いモンスターを従魔にするのかと首を傾《かし》げるだろう。しかし、Aランクまで上り詰めた元冒険者の二人には、ラームが普通のスライムではないことに気がついていた。

「グルルル！　グルルルル!!　グルルル。ルル～ル!!」

「私の名前はラルです。ゼルート様のために精一杯頑張《がんば》ります。よろしくお願いします！　ガイル

様！　レミア様！　と申しております」

「ああ！　ゼルートをよろしく頼むよ、ラル！」

「ドラゴンが従魔なんて本当に頼もしいわね！」

二人は、落ち着いてドラゴンが見られることに少々興奮していた。

最後にブラッソが口を開く。彼だけは旅に同行しない。

「ワレハ、ブラッドオーガノ、ブラッソトイウ。ワレハ、ゼルートノジュウマダガ、ゼルートカラ、コノマチニノコッテ、リョウチヲマモッテホシイト、タノマレテイル。ナノデ、コレカラヨロシクオネガイスル」

「そ、そうか。ならば、これからよろしく頼む。ブラッソの家はこちらで用意しよう」

「ソレハアリガタイ。ゼヒオネガイスル」

（ブラッソはこの街の重要な戦力にもなるだけでなく、父さんにとって最高の稽古《けいこ》相手にもなるだろうな）

ガレンが治める街には、彼ほどの実力者はおらず、今まで本気で模擬戦を行えるような者がいなかった
「ゼルート、本当にブラッソは連れていかなくていいのか？」

ガレンが心配そうに尋《たず》ねた。

「必要なときはもちろん呼ぶよ。まあ多少は事情があるんだけどね。それに、父さんがいないときにブラッソみたいに強いやつがいたら、安心できるじゃないですか。そういうわけで、あとでみん

なにも紹介しておいてくださいね」

「そうか……ありがとうな、ゼルート」

「私たちのことを考えてくれるのは嬉しいけど、ちゃんと自分のことも考えるのよ」

「うん、分かってるよ。あっ、それと……サモン！」

ゼルートが召喚の合図を叫《さけ》ぶと、近くに魔法陣が現れて、全部で十六体のゴーレムが出現する。

「ゼルート……これは全部錬金術で作ったゴーレムなのか？」

「そうです！　キングとクイーンとナイトとルーク、ビジョップ、ポーンがあります。父さんと母さんの魔力を送り込んだら、二人の言うことを聞いてくれますよ。あと、緊急時のために兵士長さんにも、魔力ごめをお願いしておいた方がいいと思います」

ポーンの一体となるグロイアスのあと、残りの十五体を作るのはかなり苦労した。

役割や使う技、魔法をなるべく被らないようにし、キングとクイーンに使用する素材は上等なものを選んだ。

「そんな機能があるのか……もの凄《すご》いな、さすが俺の自慢の息子だ！！！」

(あんまり興奮しないでくれ。恥ずかしいだろ)

「あ！　忘れるところだった。父さん、これでリルたちを冒険者の学校に入らせてあげてください」

ゼルートは、金貨がたくさん入った袋をガレンに渡す。

「こんなにたくさんの金貨……いつの間に貯めたんだ」

「たまに来る商人さんにポーションを売って、貯めました」

「……ふふ、もう俺を超えたも同然だな。これならいつかはランクSの冒険者になる日がくるだろう」

その言葉に、ゼルートは胸を張って答える。

「もちろんです！　俺は父さんと母さんの息子なんですから！！！」

そう答えると、二人はゼルートを優しく抱き締《し》める。

いつものゼルートなら恥ずかしいと感じる場面だが、今回は嬉しいという感情の方が大きい。

自分は両親に愛されているのだなと、深く実感した。

「ゼルート、頑張《がんば》るのもいいが、たまには家に帰ってくるんだぞ」

「そうよ。手紙もたまにでいいから送るのよ」

「はい、年に一回ぐらいは帰ってきます！　手紙も必ず書いて送ります！」

「そうか……じゃ、行ってこい！　お前の活躍を聞くのを楽しみにしているぞ!!」

「病気には気をつけるのよ!!」

(ああ……本当に二人が両親でよかったって、心から思うよ)

ゼルートは久しぶりに、自分をこの世界に転生させてくれた神様に対し、心の底から感謝の祈りを捧げる。

「では行ってきます！　行くよ、ゲイル、ラーム、ラル」

「はい！」

「ピイイ！」

「グルルル～ウ！」

「オキヲツケテ」

（そんじゃ！　楽しんで行きますか!!）


ゼルートと従魔たちを見送った後、ガレンは息子の成長に感激していた。

（ゼルートのやつ、いつの間にかあんなに凄《すご》くなっていたんだな。頼もしそうな従魔もたくさんいることだし、心配はいらないな。それに、家族のことも友達のことも領民のことも大切に考えるいい子に成長した。そして、きっと俺よりも強くなったんだろうな……よし！　俺もまだまだ負けていられないな！　これから特訓だ！）

年齢的には全盛期を過ぎているが、彼も訓練次第でまだまだ強くなる可能性は十分にある。

ゼルートの成長を見て心に火がつき、ガレンの体からは闘志が溢《あふ》れ出していた。

「ブラッソ！　これから早朝の訓練をするのだが、付き合ってくれないか」

「ゼヒツキアワセテモラオウ」

（ゼルート、何かあったときは父さんに相談しろよ。必ず力になってやるからな！！！！）

◇

「ふ～やっと着いたな」

ゼルートたちが出発してから四日後、ドーウルスの街に辿《たど》り着いた。ここが、冒険者ギルドがある一番近い街だ。

道中は、特に面白いことなどなかった。

強《し》いて言えば、おバカな盗賊たちが「へっへっへ、おい小僧、死にたくなかったら金目のもの全て置いていきな」「そうすれば半殺しで済ませてやるよ」と、お決まりのセリフを吐《は》いて襲ってきたくらいだ。

(もちろん、ボコボコにして、逆にアジトの場所を吐《は》かせてやった)

アジトには、盗賊のリーダーがいた。

最初は物理的にアジトごと盗賊たちを潰《つぶ》そうとしたのだが、よくよく考えればその盗賊たちが賞金首だったら報酬《ほうしゅう》が貰《もら》えるので、とりあえず全員心臓か脳を突き刺し、顔が分かるように殺した。

すでに盗賊の討伐を経験しているゼルートは、人を殺したこともある。だから、特にその感触で吐《は》き気を感じることもない。

盗賊たちが貯めていたお宝の中に、そこそこ金も武器などもあったので、ゼルートとしては当たりだった。

(でも、倒したその後が少々面倒だったな)

アジトの中には、盗賊が誘拐した女性と子供たちがいた。

全員で三十人ほどおり、幸いにも怪我《けが》人や死者はいなかった。

最初は盗賊と勘違いされたゼルートだが、盗賊たちの死体を見せることで誤解は解ける。

（悲鳴は上がったけどな）

どうやら、全員奴隷として売られる予定だったようで、女性たちは盗賊に汚されていなかった。

不幸中の幸いといったところだ。

すぐに去ろうと思ったが、また彼女たちが道中で他の盗賊に襲われたりしても気の毒なので、全員を街まで連れていくことにした。

人数が多く、子供もいるため、移動速度がだいぶ落ちた。

そこで、全員を重力魔法で浮かせて移動した。魔力はある程度使うので疲れるが、移動速度は格段に速い。

道中の野宿も一回だけで済んだ。

（ゲイルたちに夜の見張りを頑張《がんば》ってもらったし、街の中に入ったら、美味《うま》い飯でも食わせてやらないとな）

そんなわけでゼルートたちは、目的の街であるドーウルスに到着した。

小さなドラゴン、リザードマンにスライム、そして多数の女性と子供を引き連れているゼルートは、自然と目立つ。

まずは、街の中に入るため審査待ちの長い列に並び、長いこと待って、ようやくゼルートの番になる。

「すまない、街に入りたいんだけど、いいか？」

「ん。ああ。それなら身分証明書を……って、リザードマン！　それに小さいがドラゴンまで!!」

（あ～やっぱそうなるか。この人ほどじゃないが、父さんも驚いていたしな）

ゼルートは兵士を落ち着かせるべく、柔《やわ》らかい態度で対応する。

「安心してくれ、こいつらはみんな、俺の従魔だ」

「そ、そうなのか。よく見ればスライムまでいるな。少し待ってくれないか。今上官を連れてくるから」

「分かった」

待つこと五分、兵士が上官を連れてきた。

「……部下の話は本当だったようだな」

三十代半ばの見た目に、筋肉質のダンディなおっさんが現れた。

「すまない。つい君の従魔に目がいってしまった。私はマッルスだ。一応警備隊の隊長をしている」

「そうか、俺の名前はゼルート。この街には、冒険者になろうと思ってきた」

（家名は言わない方がいいよな。貴族だと知られたら、少々面倒になるかもしれないし）

貴族としては下位である男爵家の子息や令嬢であれば、実際のところ大した問題にはならない。

ただ、今後どういった問題に繋がるか分からないので、隠しておいて損はないだろう。

「そうか、応援してるよ。まだ冒険者になってないということは、身分証明書を持っていないということか？」

「ああ、そうだ」

「なら、一週間以内に冒険者ギルドで登録して、ギルドカードを発行してもらってくれ」

「分かった」

今のゼルートは、自分の身分を証明できるものがないので、なるべく早めに発行しなければ、彼が嫌う面倒なことに巻き込まれてしまう。

「それと、君の後ろにいる人たちは、君の奴隷かな」

「違う。簡単に言うと、盗賊たちが奴隷商人に売ろうとしていた人たちだ」

「ということは、君が盗賊たちを倒したのかい！」

「俺には頼れる仲間がいるのでね。これが証拠だ」

ゼルートは、腕輪型のアイテムバッグから、盗賊の死体を取り出す。

「君はアイテムバッグを持っているのか⁉」

「父親が冒険者だったのでね。餞別《せんべつ》として貰《もら》ったんだ」

「そうか。少し死体を調べてもいいか？　もし賞金首なら賞金が出るからな」

「ああ、分かった。だが、それより先に、女子供の方を片づけてもらってもいいか」

（いつまでもここにいさせるのは可哀想だしな）

自分やゲイルたちは、盗賊の件が終わるまで待っていても問題ないが、心の疲労が半端ではなかった女性と子供たちには早く休息を与えるべきだ、と思ったのだ。

「そうだったな。気が利かなくてすまん。おい！　ドレアス様にこのことを伝えるんだ！」

こうして、まずは女性と子供たちを先に街の中に入らせる。

入る前に、全員がゼルートたちに助けてもらったお礼をもう一度伝えていった。

それにゼルートは照れながら返し、そこでお別れとなった。

「さて、調べている間に……従魔にはこの首飾りをつけてもらってもいいか。一応これが従魔の証《あかし》になるのでな」

「分かった。みんな、邪魔になるかもしれないが、これをつけてくれ」

「分かりました」

「グルウウウ！」

「ピイイイ！」

(うん……ゲイルとラルは普通なんだが、スライムのラームは少し似合わないな)

しばらくして、盗賊の死体の調査が終わったらしいのを見たゼルートが、マッルスに尋《たず》ねた。

「さてと、これで入ってもいいか？」

「ああ、時間をとらせてすまなかったな」

「こちらこそ色々助かったよ」

盗賊は賞金首だったので、ゼルートは金貨四十枚を手に入れた。

そして街の中へと入った彼らは、ガレンが治める街より賑《にぎ》わいを見せる様子に感心しながら、目的の場所であるギルドを探す。

歩くこと約十分。ようやくゼルートたちは、ギルドの前に到着する。

「酒臭いな」

ギルドには酒場が併設されているので、仕方ないと言えば仕方ない。

現在は昼過ぎだが、休みが不定の冒険者であればこの時間から酒を飲んでいてもおかしくはない。

「そんじゃ、俺は登録してくるから、みんなはここで待っていてくれ」

「分かりました。お気をつけて」

「グルッ！」

「ピイッ！」

冒険者ギルドに入ったゼルートは、ゲームで見たようなのとそっくりな内装に少々感動を覚えていた。

ただ、酒を飲んでいる人たちにチラッと目線を向けたら、悪くとられたらしく睨《にら》まれてしまう。

ゼルートは面倒事に巻き込まれる前に、受付のお姉さんがいるカウンターへと向かう。

「すまない、冒険者の登録をしたいんだが」

「えっと、君は今年でいくつかな？」

「十二歳だ。年齢制限的には大丈夫のはずだが……？」

「た、確かにそうですね。分かりました、こちらの紙に必要事項を書いてもらってもいいですか」

「分かった」

必要事項と言っても、名前と年齢、武器主体か魔法主体かといった戦闘スタイルを書くだけだった。

書いた後に、注意事項を伝えられる。

他人の獲物を横取りしない。一年ギルドの依頼を受けなければ、ブラックリストに載る。基本、冒険者同士の私闘にギルドは介入しない。……などなど、当たり前のようなことを説明される。

（実際守らないやつがいるから決められているんだろうな。私闘に関しては、今酒を飲んでる、態度の悪い数人を見ながら言ってたし）

「注意事項は以上です」

「分かった」

登録が終わったので、ゼルートは宿を探しに行くためにギルドを出ようとしたら——一人の冒険者が道を塞《ふさ》いだ。

「おいおいおいおいおいおい！　お前みたいなガキが冒険者になるなんざ、百年早いんだよ！　とっと帰って、ママのおっぱいでも飲んでな、くそガキ！！！」

（……なんで偉そうに絡んでくるんだよ。酒のせいか？　そんなわけ……なさそうだな。とりあえず、ぶっ飛ばしていいよな）

面倒なことに巻き込まれるのは嫌いだが、自分を苛立《いらだ》たせる相手はぶちのめしたい。それがゼルートの素直な気持ちだ。

（パンツ一丁にして、街に放り出してやる）

どうボコボコにするか悩んでいると、相手はゼルートが自分を無視していると感じたらしい。

「おい、くそガキ！　俺を無視するとは、いい度胸してるじゃねえか、ああ!?」

（……レベルは23、ランクはDにギフトはなし。スキルも大したものを持っていない。なのに、な

んでそんなに威張《いば》れるのか……ベテランと呼ぶには中途半端な実力そうだし）

鑑定眼で絡んできた冒険者を視た結果、ゼルートからすれば、余裕で倒せる敵だということが分かった。

「すみませんね。俺は、知らない人に素直に従う性格じゃないんですよ。それと、酒臭いんで近づかないでもらえますか。あと、体臭もきついんで、ダブルで臭いですね。もう視界にも入らないでもらえますか」

今思ったことをストレートにぶちかます。

すると、絡んできたおっさん——鑑定眼によるとドアン——は、顔を真っ赤にしながらゼルートに殴《なぐ》りかかった。

「くそガキがあああ！！！　半殺しで済むと思うなよ！！！」

「それはこっちのセリフだ」

ゼルートの言葉にますます顔を赤くするドアンだが、酔いのせいもあるのか、テレフォンパンチばかりで一切当たらない。

（まっ、万全の状態であっても当たらないと思うけど）

「この！　うろちょろしやがって‼」

「あんたが遅すぎるだけだろ」

（そろそろ飽《あ》きたし、終わらせるとするか）

特に何か技を使用することもなく、ドアンはただただテレフォンパンチを繰り返すのみ。

そんな状況に飽《あ》きたゼルートは、とりあえず男の尊厳を潰《つぶ》そうと決めた。

まずドアンの足をかり、体勢を崩したところで、少し飛んで踵《かかと》落としの要領で股間に蹴りを入れる。

「ぎゃあああああああああああ！！！！！」

ドアンはあまりの痛さに、子供みたいに大声を上げて転げ回る。

(蹴った感触からして、二つとも潰《つぶ》れたかな。ご愁傷《しゅうしょう》さま～)

その光景を見ていた男性の冒険者は、みんな股間を押さえていた。

女性の冒険者は、何をそんなに痛がっているのか、不思議そうな顔をしている。

「て、てめ～！　こ、殺してやる～～!!」

若干《じゃっかん》であるが痛みが引いたのか、そんなセリフを負け犬が吐《は》く。

(そんな内股でプルプル震えながら吼《ほ》えられても……これ以上相手にするのはめんどくさいな)

「もうめんどくさいから寝ててくれ。スタン」

前世のスタンガンをイメージした雷魔法を放つ。ドアンは避けることはできず、モロに直撃してしまう。

「あがががががが！！！　……が、が」

「いっちょうあがりと」

完全に倒し終えたゼルートは、ドアンの身につけているものを全て回収した。

「お、おい。何をしているんだ？」

一連のやりとりを見ていた冒険者が、ゼルートに尋《たず》ねる。

「こいつは、何もしていない俺に襲いかかってきた。それはもう魔物と変わらないだろ。そして俺は今、剥《は》ぎ取りをしている。魔物相手に剥《は》ぎ取りをするのは当たり前だろ」

「そ、そうだな……確かに間違ってはいない、な」

ゼルートに話しかけてきた冒険者は、顔を引きつらせながら苦笑いをしている。

剥《は》ぎ取りが終わり、ドアンをギルトの外に放り出す。もちろん服を着ただけの状態だ。

「お、おいおいそこまでするか？」

「あそこまでしないと、また絡んできそうじゃないか」

そして全ての片づけが終わったゼルートは、先程登録した受付に向かう。

「すまない」

「はっ、はい！　なんでしょうか！」

(そんなにビクビクしなくてもいいと思うんだけどな。まあ、子供が大の大人をあんな簡単にあしらったら、こうなるのも仕方ないか)

「これ」

「えっ！　ちょ、ちょっと待ってください!!」

「迷惑料ってことで受け取ってくれ」

ゼルートは受付のお姉さんに金貨三枚を渡した。もちろん自分のお金……ではなく、ドアンから剥《は》ぎ取った金を。

「それじゃ、俺は宿を探しに行くんで」

「あっ！　や、宿なら満腹亭がいいと思います」

「情報ありがとう」

ゼルートは美味《うま》そうな名前に心を躍《おど》らせ、その宿へと向かうことにする。

(部屋が埋まる前に、早く行くとするか)

ただ、その満腹亭がどこにあるのか教えてもらっていなかったので、通行人にでも尋《たず》ねないといけない。

「主よ、先程なにやらギルドの中が騒がしかったようですが、何かあったのですか？」

ギルドを出るなり、ゲイルが心配そうに聞いてくる。

「気にするな。ただ酔っぱらいが暴れてただけだ」

「そうですか」

本当のことを言うと、ゲイルがドアンを斬りに行きそうなので、真実は伝えない。一応すでに決着しているし、さすがにさらなる流血沙汰《ざた》はよろしくない。

「――っと、どうやら着いたみたいだな」

何人もの通行人に道を尋《たず》ねて歩き回り、ようやく入り口の上の看板に満腹亭と書いてある宿を発見した。

一旦、習得している影魔法を使用して、影の中にゲイルたちを入れる。

そして、思っていたよりも大きな宿にゼルートは期待しながら足を踏み入れる。

中はギルドの酒場と造りが似ていたが、清潔感はこちらの方が断然上だ。

まだ昼過ぎということもあって、あまり騒がしくはなく、併設されている食堂もゆっくり食事ができそうだ。

「すみません、まだ部屋って空いてますか？」

「はい、大丈夫ですよ。お一人様でよろしいですか？」

(この宿屋の女将《おかみ》かな？　貫禄《かんろく》からするともう少し上な気がするけど、見た目まだ二十代後半って感じだ)

「一泊銀貨一枚、朝食夕食込みですと、銀貨一枚と銅貨五十枚になります」

「それでは、とりあえず一週間分払います」

「ありがとうございます。これが部屋の鍵になります。昼食はあと一時間ほどでできますが、どうされますか？」

「お願いします」

まだ昼食を食べていないので、ゼルートの空腹はそろそろ限界を迎えてしまう。

「それでは、そこの階段を上がってもらった奥に行けばお部屋がありますので、昼食までゆっくりと休んでください」

「そうさせてもらいます」

部屋の中に入ると、ゼルートが想像していたよりも綺麗《きれい》で上等な造りであった。

「へ～、なかなかいい部屋だな」

予想以上の宿で、ゼルートはご満悦だった。

「みんな、出てきて大丈夫だ」

影の中に入ってもらっていたゲイルたちを外に出す。

「ゼルート殿、ラルとラームは寝てしまっています」

（あらら、本当だ。まあ、徹夜で見張りをしてもらってたんだし、仕方ないか）

人より活動時間が長い魔物であっても眠気はあるので、二体が寝てしまうのも無理はない。

「ところで、明日から依頼を受けられるのですよね。どんな依頼を受けるのですか？」

「まだ登録したばかりだから、たいした依頼は受けられない。だから、とりあえず薬草の採集や、ゴブリンやブラウンウルフの討伐とかだな」

魔物はどっちもランクFであり、ルーキーのゼルートが受ける依頼としては妥当《だとう》な内容だった。

「ゼルート殿なら、もっとランクの高い依頼を受けられると思うのですが……」

「何事も順序ってのがあるんだよ」

「そういうものなのですか？」

「そういうものなんだよ。とりあえず、今日は飯食って寝ようぜ」

「そうですね」

昼食を食べ終えてから、女将《おかみ》にゲイルたちのことを話した。ここには従魔用の小屋があるということで、ゲイルたちにはそちらに移ってもらう。

そして部屋に戻ったゼルートはそのままベッドで寝てしまい、夜中に起きるも再び寝て、朝を迎える。

◇

ゼルートは現在、ギルドにて、クエストボードの前で、貼られている依頼書を眺めていた。

(とりあえず今受けられそうな依頼は……ゴブリンの討伐。五匹で銅貨三十枚、討伐証明部位は右耳か。定番そうなこれにしとくか)

「これを頼むよ」

「はい、分かりました。って、君、昨日冒険者登録をした方ですよね?」

(昨日確かに登録しに来たが、なんで知ってるんだ?)

なぜ目の前の受付嬢が自分のことを知っているのか疑問に思ったが、よくよく思い返せば、昨日冒険者登録を担当してくれた受付嬢であった。

「昨日はどうも」

「こちらこそありがとうございます。あの人、新人の冒険者を見つけるたびに絡むんです」

ギルドとしても、ゼルートがドアンをフルボッコにしたのはありがたいことだったらしい。

(新人は自分のストレスを解消させる道具だとでも思っていたのか)

「私の名前はイルーネ。これからよろしくお願いします、ゼルート君」

「ああ、こちらこそよろしく、イルーネさん」

「イルーネでいいですよ」

「なら、そう呼ばせてもらうよ。とりあえずこれ、よろしく頼む」

「えっと。ゴブリンの討伐ですね。討伐証明部位の確認はもちろん、素材と魔石の買い取りもここでするので、覚えておいてください」

必要素材以外の素材や魔石を売るか売らないかは個人の自由だが、討伐証明部位がなければ、報《ほう》酬《しゅう》を受け取ることはできない。

「分かった。それと、なんか視線を感じるんだけど、これは俺の気のせいか？」

「えっとですね〜……昨日、ゼルート君がドアンさんを倒したことが広まっているからだと思いますよ」

「……なるほどな。納得した」

睾丸を潰《つぶ》して電気も浴びせた。ルーキーが、歳だけはベテランの冒険者にそれを行《おこな》ったので、十分話題になる内容だ。

（その話を聞いて、俺に絡むバカが減ってくれればいいんだけどな）

「それでは気をつけて行ってきてください！」

イルーネの優しい笑顔に癒《いや》されながら、ゼルートはギルドを出て冒険に出発する。

（さっさと一定のランクまでは上げないとな。そうすれば俺に絡んでくる面倒なやつは減るはずだ）

現在、ゼルートたちは街から少し離れた森の中を探索中だった。

依頼内容のゴブリンだが、ゼルートたちの相手になるわけがない。

せめてゴブリンリーダーか、ゴブリンジェネラルがいれば話は変わってくるが、単体でゼルートたちと渡り合える個体などほとんど存在しない。

（いなければ、せめて三十四くらいの群れがいてほしいな）

「ゼルート殿、ここから北西に百メートルの位置に、魔物の群れがおります」

「さすがゲイル。よし、みんな行くぞ！」

「はい！」

「うん！」

「分かりました！」

（……あれ？　今ラームとラルが喋《しゃべ》った気がするんだが……気のせいか？）

魔物の群れはそうそう逃げないので、一応確認を取る。

「なあ、今ラームとラルは人の言葉を話したか？」

「はい、やっと話せるようになりました」

「僕もだよ!!」

（……凄《すご》いな。ラームはスライムの希少種だから、いつかは喋《しゃべ》れるようになると思っていたが……）

ラルに関しても、母親——というのことが判明した——のラガールが人の言葉を喋《しゃべ》るので、可能性はあると思っていた。

二人とも圧倒的な早さで人の言葉を喋《しゃべ》れるようになったのは嬉しいことだ。

ただ、それにより厄介事《やっかいごと》が起こる可能性が増える。

「なあ、ラームとラルはなるべく人前では人の言葉で喋《しゃべ》らないようにしてくれないか」

「なんで？」

と、ラームが疑問を口にする。

「ゲイルはもう人前で喋《しゃべ》っちゃったからあれだけど、二人はまだ喋《しゃべ》ってないだろう。もし、人の言葉を喋《しゃべ》れるのがバレたら、騒がれて面倒事が起こるかもしれないだろう」

「それもそうだね。僕みたいに喋《しゃべ》るスライムなんていないと思うし」

「そういうことだ。だから、人前で話すときはなるべく念話を使おう」

「分かったよ！」

「分かりました」

ラームは素直に頷《うなず》いたが、ラルは少々不機嫌そうだった。しかし、ゼルートに迷惑をかけたくないので、了承した。

ただ、横暴な貴族らがゲイルたちを奪おうとしてきた場合、先にゼルートがブチ切れて殴《なぐ》り飛ばす可能性が大きいので、面倒を起こす可能性が高いのはゼルートの方だった。

「ゼルート殿、見えてきました」

ようやく魔物の群れへと近づく。三十体近いゴブリンの群れが、自分たちで倒したであろう、数体のブラウンウルフを食べるのに夢中になっていた。

（おっ！　ゴブリンメイジにゴブリンシャーマンがいるじゃん。それに、ゴブリンソードマンにゴブリンリーダーまでいるな。これなら多少金にはなりそうだな）

基本的に、魔石を除けば、ゴブリンは金にならない生き物だった。

「そんじゃ、いくぞ！」

「はい！」

「うん！」

「了解です！」

ゼルートは、まずは目の前にいたゴブリン三体にブレットを放ち、頭を貫く。

（あんまり返り血は浴びたくないから、遠距離攻撃で倒そっと）

「十連、ファイヤーボール」

十個のファイヤーボールでゴブリンの周囲を囲み、一斉に攻めて丸焼きにする。

（よし、それじゃ上位のゴブリンを倒しに……あらら）

「ったく、お前ら本当に仕事が早いな」

ゴブリンリーダーたちを倒しに行こうとしたら、ゲイルたちがすでに倒していた。

「すみません。こいつらあんまりにも弱すぎたので」

「確かに、すぐに終わっちゃったな」

「仕方ないですよ。私たちは今まで、お母様やブラッソ様たちと修行をしていたのですから、ゴブリンごときでは話になりません」

（確かにそうなんだけどな。多分、今回の戦闘に三十秒もかかってないだろう。下手したら十秒くらいか？）

「とりあえず、討伐証明部位の右耳と魔石を剥《は》ぎ取ろう。あと、薬草を探しながら帰ろうか」

今でもポーションを作り続けているゼルートにとって、薬草はいくらあっても困らない。

「おう、お疲れさん。初依頼はどうだった」

ゼルートが初依頼を終わらせて門を通ろうとすると、先日世話になった警備隊長――マッルスが声をかけてきた。

「ゴブリン相手だったから簡単だったよ」

「それもそうか。なにせドアンのやつを簡単に倒したんだからな」

「……なんでそれを知ってるんだ？」

昨日の昼に起きた件について、すでに兵士たちにも知られていた。

「冒険者は結構お喋《しゃべ》りなやつが多いからな。今回みたいな面白いことはすぐに広まるぞ」

「そんな面白いことではないと思うんだけどな」

「そんなことはないぞ。まず、十二歳になって冒険者登録をしたばかりの子供に、ランクCの大人が負けるって時点で、話題性がある」

マッルスの言葉は正しく、ルーキーがベテランに近い実力を持つ冒険者を倒すなど、まず起こらない。

「それに、ドアンの倒し方だ」

「……なるほど。確かにそうかもしれないな」

「そう思うだろう。高レベルの剣術や魔法で負けるのなら分かるが、股間を蹴られて負けるって話は、あまり聞いたことがない。だからすぐに広まったんだ」

(よくよく考えれば、可哀想な倒し方だったかもしれないな……後悔はしてないけど)

「だから、一つ忠告ってわけではないんだが、もしかしたらドアンのやつがお前に復讐しに来るかもしれない。いらん心配かもしれないが、一応気をつけておいてくれ」

「ああ、気をつけておくよ。情報ありがとな」

「気にするな。これからも頑張《がんば》れよ!」

(やっぱりマッルスはいいやつだな。今度飯でも奢《おご》るか)

そんなことを考えながら、ゼルートは依頼達成を報告するために、ギルドへ向かう。


ギルドに入り、依頼達成の報告と魔石の買い取りを、受付嬢のイルーネにお願いすることにした。

「すまない、依頼を達成したんで、確認してほしい」

「あ、ゼルート君。結構早かったんですね。森に入ってすぐゴブリンに会ったんですか?」

「まあそんなところかな。これが証明の右耳」

アイテムバッグの中から、ゴブリンの右耳を取り出す。

「え、ゼルート君。い、今どこから出したんですか?」

「このアイテムバッグからだけど。あ～、腕輪にした改良型みたいだから、アイテムリングってところかな」

「ゼルート君って、昨日冒険者になったばかりですよね。アイテムバッグは、最低でも金貨五十枚はするはずなんだけど」

（へ～そうなんだ。周りを見れば、羨《うらや》ましそうな顔をしているやつが結構いるな。奪おうと考えてそうなバカも何人かはいるみたいだけど）

冒険者にとって、アイテムバッグは喉から手が出るほど欲しいものである。それがあれば、冒険に必要ではあるが、日中は使わない道具などもしまっておける。その他にもありがたい恩恵があるので、売ったときの買い取り値段さえかなり高い。

「父が冒険者をしていたから、家を出るときに餞別《せんべつ》として貰《もら》ったんだよ」

「な、なるほど。そういうことでしたか」

肩がけカバンも実は自分で作ったアイテムバッグなのだが、それは黙っておく。

「それじゃ、確認をお願いしてもいいか」

「すっ、すみません、今すぐします！」

そこまで数が多いわけではなく、種類も多くないので、短時間で確認は終わる。

「確認が終わりました。もしあるようでしたら、魔石を買い取りますが、どうされますか？」

「ただのゴブリン以外の余分なのもあるけど、いいか？」

「大丈夫ですよ」

「それなら頼むよ」

アイテムバッグの中から、約三十個の魔石をテーブルの上に全て並べる。

「こ、こんなに！　……えっ⁉　これは、ゴブリンリーダーやシャーマンの魔石……何があったんですか⁉」

周りの冒険者たちも、イルーネと同様に驚いた表情になる。

(確かに、ゴブリンリーダーやシャーマンのランクはDだけど、そんなに強くはないと思うんだけどな)

準備を怠《おこた》らなければ、そこまで苦戦するような魔物ではない。

ただ、だからといって、ルーキーが無傷で倒せる魔物でもない。

「何があったと言われても……ゴブリンの群れを見つけたので、従魔たちと一緒に倒しただけだけど」

「そ、そういえば、書類に従魔を連れていると書いてありましたね」

「そういうことだ」

「分かりました、少しお持ちください」

魔石は、魔物の素材の中でも比較的貴重なものなので、高い値段で買い取られることが多い。

ゴブリンとはいえ、三十個ものの魔石を売れば、そこそこの値段になるだろう。ゼルートは、少々ワクワクしていた。

だが、そんな彼の気分をぶち壊すかのように、一人の男が接近してくる。

「おい小僧、さすがにゴブリンの群れを倒したってのは、嘘が大きすぎるんじゃないのか」

（何なんだよ、このスキンヘッド。事実なんだか仕方ないだろ）

気分を壊されたゼルートは、眉間《みけん》に皺《しわ》を寄せて不機嫌な表情を露わにする。

「別に嘘なんかついてないんだけど。つーか、おっさん誰だよ」

「なっ！　お前みたいな昨日登録したばかりのやつがゴブリンの群れを倒したり、ゴブリンリーダーやシャーマンを倒せるはずがないと言っているんだ!!　それと、俺はおっさんさんじゃない!!　まだ二十九だ！！！」

（俺から見たら、おっさんだよ）

ゼルートからすれば、二十代後半はおっさんの部類に入る。

「二十九はもうおっさんだろ。で、なんでおっさんが俺の強さを知ってるんだよ。一緒に依頼を受けたわけじゃないだろ。そうやって、何も知らないのに弱いって決めつけるのは、自分は相手の実力を見る目がないと告白してるのと変わんないと、俺は思うけどね」

見下《みくだ》した表情で煽《あお》りまくるゼルート。その言葉におっさんは簡単につれてしまった。

「なっ!?　こ、このくそガキがッ！！！　こっちが優しく言ってやったら調子に乗りやがって！決闘だ！！！」

（決闘ねえ……ま、決闘になったら、もっと大勢の前で恥をかかせてやれるからいいけど）

「いいよ、相手してあげるよ。頭ツルツルのおじさん」

「うるせえ！！！　あと、おっさんって言うな！！！」

（はっはっは。面白い具合に顔が赤くなっていくな）

「そんなことより早く戦おうよ。顔が真っ赤のおっさん」

「～～～～～～～～っ！！！！」

ゼルートに絡んできたおっさんは、怒りが今にも爆発しそうで、厳《いか》つい顔がさらに厳《いか》つくなっている。

しかし、周りの冒険者たちは「いいぞ、少年もっと言ってやれ～」や「はっはっはっは！！！今度から鋼鉄のドウガンじゃなく、ツルツル顔真っ赤おっさんのドウガンだな！！！」や「よし、俺はあの少年に銀貨二枚かけるぜ！！！」と、おっさん――ドウガンをさらに煽《あお》る。

（ツルツル顔真っ赤おっさんのドウガンって……面白すぎんだろ。至上最高にダサい二つ名だな）

ゼルートも表情には出していないが、内心では大爆笑している。

それからゼルートとドウガンは、野次馬たちを引き連れて、普段は修練の場であり、ギルド内で決闘をするときにも使うという、練習場へ行った。

「え～～～、これからドウガンさんとゼルート君による決闘を行います。審判は私、イルーネが務めさせてもらいます。それでは両者ともに準備はよいでしょうか？」

私闘には介入しないギルドだが、決闘は違う。ギルド内で発生した正式な決闘は、基本的にギルドの職員が仕切る。

ギルド職員が審判を行うことに不安を感じる冒険者は多いが、ギルド職員は徹底的に目を鍛えられるので、見極めに関しては問題ない。

「ああ、いつでも構わねえぜ」

「こっちも大丈夫だ」

（さっき、鋼鉄のドウガンって呼ばれてたから、防御が得意なタイプってことか？）

まだ鑑定眼を使っていないので、ドウガンが何を得意とするかは分からない。

ただ、それでも負ける気は一切せず、自信満々な表情が消えないゼルート。

「ドウガン、お前に今日の稼ぎを全部賭けたんだから、絶対勝てよおおお！！！」

「少年!!　俺はお前の噂を信じて、お前に銀貨三枚賭けるぞ！！！」

「ドウガン!!　Dランクの冒険者がそんな小僧に舐《な》められるな！！！　半殺しにしちまえ！！！」

「ゼルート君!!　私たちの今日の酒代のために絶対に勝ってね!!」

勝手に始まっている賭けに参加するギルド職員も含めて、みな思い思いに叫《さけ》びながら両者を応援する。

二人を囲むギャラリーの声援は、ドウガンが七割、ゼルートが三割といったところ。

（三割は……たぶん昨日酒場にいた連中かな）

昨日の昼過ぎにギルドにいた冒険者たちは、ゼルートがドアンをいとも簡単に潰《つぶ》してしまう強さを見ており、今回の賭けでは絶対に勝つと確信していた。

「それでは………始め！！！！」

イルーネの合図により、ゼルートとドウガンの決闘が始まる。

「いくぞ、くそガキッ！！！！」

ドウガンは、長さ一メートル半くらいのハルバードで斬りかかる。

鑑定眼を使ってハルバードを見た結果、ランクはCとそこそこいい武器だと分かった。

しかし大した追加効果はなく、身体能力の向上と斬れ味の増加しかない。

（まあ、持ち主の実力もそこまで高くはなさそうだし、追加効果なんて、あっても意味ないか）

今のところ攻勢をかけているのはドウガンだが、ゼルートはその攻撃を全て軽快に躱《かわ》す。

「なっ！　くそ!!　ちょろちょろ動き回りやがって！！」

「おっさんがもう歳だから、俺の速さについてこられないんじゃないの？」

「だから、俺はまだおっさんじゃねーーーッ！！」

ドウガンは、ゼルートになんとか攻撃を当てようと、ハルバートの速度を上げる。

ただ、その攻撃も全て躱《かわ》されてしまう。レベルの差も大きいようだ。

（にしても……本当にからかい甲斐《がい》のあるおっさんだな。ただ、このおっさんは身体強化を持ってるくせに、使わないで俺に勝つ気か？）

自身の攻撃が全く当たらない状況にも拘《かか》わらず、まだ身体強化のスキルを使用しない。

それは、ゼルートにとって舐《な》められているのと変わらない。

「なあ、おっさん。もしかして俺に奥の手を使わないで勝つ気なの？」

「っ！！！」

（おーおー、なんで知ってるんだって顔してるな。鑑定眼持ちだから、それくらい一発で分かるんだよ）

ただ、ゼルートに対して、身体強化のスキルなど全く奥の手にはならない。

「くそガキ、どうやら本当に潰《つぶ》されたいらしいな。もう後悔しても遅いぞ!!」

「ようやく使う気になったのか。これでちょっとは楽しめるかもしれないな」

悪意いっぱいの笑みを返すゼルート。子供の挑発顔ほどイラつくものはないだろう。

すると、ドウガンはさらに顔が赤くなる。

(おいおい、頭から血の噴水が出てきそうだな。血管が切れて内出血を起こしそうなほど赤いけど……まっ、今それは関係ないか)

「うおおおおおお！！　くたばりやがれッ！！！！」

「そーそー、やればできるじゃん！」

ドウガンは身体強化を使ったおかげで腕力、脚力などが上昇し、逆に冷静さは取り戻したのか、攻撃が丁寧になっていく。

それでもゼルートからすれば、素人臭さが残っているが。

(これは……あれだな。魔物相手の戦い方がそのまま残っている。今も、俺の体をぶった斬ろうとしかしてない。さっきよりは冷静な攻撃になっているが……正直、対人戦に関してはベテランじゃないな)

ドウガンとの決闘に飽《あ》きてきたゼルートは、そろそろ終わらせようと思いはじめる。

ただ、それより先にドウガンが動き出す。

「これで終わりだ!!　火炎大切断！！！！」

ドウガンは、自分が出せる最大の技をぶっ放す。

周りの冒険者たちも「おい！　さすがにやりすぎだぞドウガン！！！」や「おいおい、あのガキ本当に死んじまうぞ！！！」など口々に叫《さけ》ぶ。

イルーネも「ゼルート君！　避けてえええ！！！」と悲鳴を上げた。

火炎大切断。普通に考えれば、ルーキーにぶつける技ではない。

しかしそれでも、ゼルートからすると、刃に火を纏《まと》った、単なる威力の高い一撃でしかない。

(イルーネさんは、俺がドアンを倒したところを見ているんだから、そんなに心配しなくてもいいと思うんだけどな。でも、心配させるのも悪いし、さっさと終わらせよう)

ゼルートは、余裕な表情からマジな顔へとチェンジし、火炎大切断が当たる寸前でバックステップで回避する。

「ツルツル顔真っ赤おっさんのドウガンさん。今の技はなかなかよかったけど、スピード不足だよ――スタン！」

「があっ!!　が、……お、お前。俺に何を」

「答えるわけないだろ。五連、ブレット」

五発のブレットが、ドウガンの股間に無慈悲《むじひ》に放たれた。

「ツ～～～～～～～～～～！！！！！！！」

ドアンと同じように転げ回り、あまりの痛さにそのまま気絶してしまった。

その光景を見た周りの男の冒険者たちも、ドアン戦のときと同じく股間を押さえる。

そして、今回の結果があまりにも予想外だったのか、シ～ンと静かになってしまった。

とりあえず、ゼルートは勝利宣言が欲しかったので、イルーネに声をかける。

「イルーネさん。決着がついたよ」

「…………へっ!?　あっ、そ、そうですね。こ、今回の決闘の勝者はゼルート君です!!」

「「「「……ウオオオオオオーーーーーーーーッ！！！！！！」」」」

耳を押さえていないと鼓膜が破れてしまいそうなほどの歓声が練習場に鳴り響いた。

「さてと、決闘は終わったから剥《は》ぎ取りに移るとするか」

ドウガンが身につけてる道具や武器を、アイテムリングに次々としまっていく。

「ゼルート君、えっと。それは昨日と同じで……」

「ああ。剥《は》ぎ取りをしている」

ゼルートは平然と答える。

「決闘に敗けた者は勝者に従うものだろ」

「そ、それはそうかもしれないですけど……あ、あとから闇討ちされるかもしれないですよ」

人の恨《うら》みを買えば、どこかで返ってくるかもしれない。それは日常的に起こることであり、冒険者も例外ではない。

ゼルートの強さは今回の決闘でよく分かった。それでも彼はまだ子供なので、そういう黒い部分をイルーネは心配してしまう。

「イルーネちゃん、こいつならそんな心配いらないと思うぜ。イルーネちゃんは昨日のドアンとの喧嘩《けんか》も見ていただろう？」

　誰かがゼルートのフォローをしてくれた。

「それはそうですが……」

（この人は確か、昨日俺に話しかけてくれた人か）

「そういえば、少年に自己紹介をしていなかったな。俺はガンツ、一応Cランクの冒険者だ。少年のおかげで、今日は稼がせてもらったよ。ありがとな」

「俺は、喧嘩《けんか》を売ってきた人を倒しただけだよ」

「確かにそうかもしれないな。でも、昨日も同じこと聞いたが、最後の倒し方もそうだが、なんで装備とかの剥《は》ぎ取りまでするんだ？」

　冒険者として相手に舐《な》められたくない、自分をバカにする相手をぶっ飛ばしたい。そういう気持ちを持つのは分かる。

　だが、ゼルートの剥《は》ぎ取りに対して、ガンツはやはりやりすぎではと思ってしまうのだ。

「こういう倒し方をすれば、恥ずかしくてもう俺に絡んでこないと考えたからだ。剥《は》ぎ取りも、新人に決闘で負けたうえに、装備まで取られたとなれば、トラウマの一つくらい与えられるかなと、思ったから」

「な、なるほどな。確かに分からなくもない理由だ」

　ゼルートが答えた理由に、ガンツは多少は納得できた。だが、だからといって自分も真似《まね》しようとは思わない。

(さてと、もう剥《は》ぎ取れるものはなさそうだし、帰るとするか)

そう思った直後、ゼルートは何かを発見した。

「ん？」

ドウガンの腰回りに、妙にもっこりした部分があったので、探ってみる。

すると、そこには本物か疑わしいものが入っていた。

「これは……イルーネ、これって本物か？」

ゼルートは見つけたものをイルーネに見せた。

鑑定眼を使えば済む話だが、それでも他人の感想が欲しかった。

確かに、冒険者が持っていても不思議ではない。

ただ、Dランクのドウガンが持っているかは少々微妙な代物だったのだ。

「どうしたんですか？　……こ、これは!?」

「どうだ？」

「た、確かに本物です！」

「どうしたんだ……ってマジか!!　白金貨じゃねえか！！　なんでドウガンが……そういえば結構前に、ドウガンが最高のお守りを手に入れたって言っていたが、まさかそれが、その白金貨だったのか!?」

(白金貨がお守りって。そんな大金があるなら、ランクの高い武器や、魔道具の武器でも買えばよかったのに)

ゼルートも、貯金をすることが悪いとは思わない。

しかし、戦う者として自身の力を上げることができる機会を延ばし続けるのは、バカとしか言いようがない。

「やったじゃねえか、ゼルート！　一気に金持ちだな!!」

白金貨は、日本円にして一億円。確かに大金ではあるが、しかしゼルートやゲイルたちの実力を考えれば、それくらい稼ぐのはそう難しくない。

(でも……今回はパーッと使ってしまうか)

「え～と、今ギルドにいる冒険者のみなさん！　俺は今回の決闘で、白金貨を手に入れた。それで、この中に今回の決闘の賭けで負けた人もいると思う。なので、今日はこの白金貨で思う存分飲んでくれ!!」

ゼルートの景気いい声が練習場に響き渡る。

すると……冒険者たちのテンションが再び最高潮に達した。

「「「「ウオオオォォォオオオオーーーーーーーーーーー！！！！！」」」」

「いいぞ、坊主！　気前いいな!!」

「おーーい、みんな!!　今日は少年の奢《おご》りだ！　飲んで飲んで飲みまくるぞーーーー！！！」

「はっはっはっ!!　俺はドウガンに勝ってほしかったが、今は少年が勝ってくれたことに感謝だな」

「にしてもあの少年、確かゼルートだったたか？　まだ登録したばかりなのに、かなりの強さだな」

「今のうちにパーティーに誘っておくか？」

「年上の女には興味があるのかしら？」

　このゼルートの振る舞いには、ドウガンに賭けていた冒険者たちも上機嫌になる。

　そして、二人の決闘を観戦していた冒険者の中には、ゼルートを自分のパーティーに勧誘しようと考えている者もいた。

「おいおいゼルート、確かに俺らは嬉しいことこの上ないが、本当にいいのか？　白金貨だぞ」

「今のところ必要はないんで大丈夫だよ。あっ、イルーネ、これ渡しておくよ」

「わ、分かりました。で、でも、ガンツさんと同じことを聞くけど、本当にいいの？」

「本当に大丈夫だよ。余りは、ギルドに寄付するよ。それじゃあまた明日」

「ちょっ、また明日って、お前は飲んでいかないのかよ⁉」

「酒はあんまり強くないんで。起きたらギルドの床って状態は嫌なんだ。それじゃ」

　ちなみに、この世界では何歳でも酒が飲める。とはいえ、子供がガブガブ飲んでいたら、大人は眉《まゆ》をひそめるくらいはするのだが。

　ゼルートは、ギルドにいる冒険者たちに気づかれないようにギルドから出ていき、ゲイルたちと合流する。

「ゼルート殿」

「どうしたんだ、ゲイル？」

「なぜあのようなことをしたんですか？　あのお金は主が手に入れたものなので、主のために有効

「活用した方がよかったと思うのですが」

「……なんで中の様子を知ってるんだ？」

魔物であるゲイルたちはギルドの中に入れないので、中で何が起こっているのか把握《はあく》できないはずだ。

しかし、それを可能にしてしまう者がいた。

「ラームに、聴覚強化を使って調べてもらいました」

「そ、そうか…………まあ、確かにゲイルの言う通りかもしれない。でもな、俺は冒険者と喧《けん》嘩《か》がしたいわけじゃないんだよ。この先、仕事で他の冒険者と手を組まなきゃいけないときが来るかもしれないだろ。そういうときに悪いイメージばかり持たれていたら、あまりよくないじゃないか。だから、今回みたいにイメージをよくしたりすることも必要なんだよ」

「なるほど。そういう意図があったんですね。さすがゼルート殿、感服しました」

（まったく。こいつはいつも大袈裟《おおげさ》だな）

だが、ゲイルから褒《ほ》められて悪い気はしないゼルートだった。

「そろそろ、宿に帰って飯を食うぞ」

「そうですね」

（明日はなんの依頼を受けようか。面白い依頼があればいいいんだけどな）

◇

（これは……どうしたらいいんだ？）

現在ゼルートは、とある魔物に凄《すご》く懐《なつ》かれている。

ラッキーティアスクワロというリス系の魔物だ。

そしてゼルートは、どうすればいいのか悩み中だった。

ラッキーティアスクワロは非常に珍しい魔物であり、滅多《めった》に姿を現さない。その原因の一つは…………単純に弱い。

強くなれる要素はあるが、初期段階では弱い。戦い慣れているラッキーティアスクワロでなければ、ルーキーでも負けることはない。

さらに二つ目の原因は、この魔物が流した涙は結晶になるのだが、それが貴族でも容易に手が出せないほどの高値をつけるのだ。

人が見つける前に他の魔物に殺されてしまうことも多く、結晶はなかなか手に入らない。

そんな貴重な結晶が…………ゼルートの目の前に大量に存在する。

ゼルートは元々、討伐依頼を受けてのんびり森の中を散歩していた。そこへファットボアという太った猪のようなEランクの魔物と遭遇《そうぐう》する。

この魔物が討伐依頼の対象であり、その肉はEランクにしては美味《おい》しくて有名だった。

しかも、倒し方を覚えれば、比較的倒しやすい。

そんなEランクの魔物が、ゼルートに勝つどころか傷を与えることさえできるわけがなく、さくっと狩りを終える。

続いて、解体を始めようとすると……怪我《けが》をしている小さなリスの魔物がゼルートの視界に映った。

(……害はないだろうし、助けるか)

本当に気まぐれで回復魔法を使用し、体が小さいリスでも食べられる大きさの食料を渡すと……もの凄《すご》い勢いで涙を流しはじめた。

こうして現在に至る。

(多分、今まで助けようとするふりで、何度も騙《だま》され続けたんだろうな)

ただ、このリスをどうするかは非常に悩む。

(実際強くないわけだし、俺たちといたら死ぬ可能性がある)

そこで、ゼルートは一つ名案を思いついた。

(そうだ！　ラガールに預ければいいんだ)

「みんな、少しラガールのところに行ってくるから、ちょっと待っていてくれ」

「分かりました。お気をつけて」

「早く帰ってきてね」

「お母様によろしく伝えといてください」

「りょーかい――ゲート」

場所と場所を魔力で繋いで行き来する空間魔法、ゲート。

それを使用して、ゼルートはラガールのもとへ一瞬でやって来た。

「よっこらせと」

(一か月ぶりぐらいにここに来たけど……当たり前だけどなんにも変わっていないな)

「ゼルートではないか。一体どうしたんだ？」

「今日は頼み事があってきたんだ。この魔物を育ててくれないかな」

「ほう……ラッキーティアスクワロか、随分と珍しい魔物に懐《なつ》かれたな。私も実際に見るのは初めてだ」

ラガールの威圧感に耐えられるラッキーティアスクワロなどまず存在しないので、見つける前に逃げてしまうのだろう。

「そうなんだ。いや、ラガールの強さを考えれば、確かに会うのは難しそうだな」

「そういうことだ。それで、先程ゼルートが言った通り、こいつを預かればいいのか？」

「ああ。よろしく頼むよ」

ラガールが引き受けてくれて、ゼルートはホッと一安心する。

これからすぐに強い魔物と戦う予定があるわけではないが、それでもいつランクの高い魔物と遭《そう》遇《ぐう》するか分からない。

(よかったよかった。こいつもほとんど危険がないこの場所なら、安心して暮らせるだろう)

「キュッ、キュウ！」

だが、ゼルートが帰ろうとすると、ズボンを摘《つ》まんで帰らないでと伝えてくる。

「……俺と一緒に来たいのか？」

「キュッ！」

「そうだな……そこにいるラガールに、俺と一緒に冒険できるほど強さを身につけたって認められたら、一緒に冒険に連れていくよ。だから、それまでは我慢してくれないか？」

「キュウ……キュッ！　キュウッイ！」

「どうやら、そいつは分かってくれたようだぞ」

「そうみたいだな……。それじゃ、改めてこいつをよろしく頼む」

「うむ、まかせろ。お主の言う通り、しっかりと強くしてやろう」

「ほどほどに頼むよ」

ラガールのような、魔物の食物連鎖の頂点にいる者が、本気でラッキーティアスクワロを鍛えようとしたら、あっという間に過労死させてしまうだろう。

そしてゲートを使い、ゲイルたちが待っている場所へと戻る。

「ただいま」

「おかえりなさい。どうなりましたか？」

「ラガールが預かってくれるってさ」

(ラッキーティアスクワロの成長速度がどんなものかは分からないけど、一緒に行動するのは早くても一年か……もしくは二年後だろうな)

ラッキーティアスクワロも、ラガールによるエリート教育を受ければ強くなれるのは確実だが、その努力がいつ実を結ぶのかは、さすがにゼルートも分からない。

「それにしても……この結晶。どうしようかな」

「オークションというものに出してみたらどうですか？」

「オークションか……それはありだな、ゲイル」

一般的な宝石店で売ることも可能だが、希少価値の高いものはオークションに出した方がより高値で売れる。

ファットボアの解体を行いながら、ゼルートの頭の中はあまり縁がないイベントに支配されていた。

「さて、ギルドに戻るとするか」

ファットボアの体は大きいが、解体のスキルレベルが5を超えているゼルートにとっては、さほど問題ではない。

思いがけない収入源を得たゼルートは、アイテムバッグに仕舞っているので奪われることはないはずなのに、心臓がバクバクと鳴りっぱなしだった。ギルドにいる人々が、みな盗賊に思える。

「ゲイル、あのリスの涙の結晶……ラッキーティアは、やっぱりオークションに出すのが一番か？」

「そうですね……私としては一度に全て出さず、何回かに分けて出した方がよろしいと思います。量もそれなりにあることですし」

（なるほどな。確かにそれは一理ある。その方が定期的に高額の臨時収入が入るしな）

『私は、個人用に残しておいた方がいいと思います。アクセサリー型の魔道具を作るのに役立つはずです』

ラッキーティアは、宝石としてだけでなく、マジックアイテムの材料としても、非常に価値がある。

『アドバイスありがとな、ラル』

『いえいえ、お役に立ててよかったです』

色々考えが纏《まと》まってきたところで――

「すまない。依頼の確認と素材の買い取りを頼む」

「分かりました……ってゼルート君、もう依頼を達成したんですか？　確か、ファットボアの討伐だったはずですが」

「もちろん達成したよ。はい、これが証拠」

アイテムバッグの中から、ファットボアの角を二つと魔石を取り出し、カウンターに置く。

「……そうですね。ゼルート君だからという理由で納得しましょう」

ファットボアの討伐は、慣れれば怪我《けが》することなく終えられるが、ルーキーが問題なく達成できる確率は低い。しかも、ゼルートは十二歳である。短時間で達成したという事実をすぐには理解できない。

「今日は、もう一つ見てもらいたいもの、というか相談に乗ってほしいことがあるんだけど、いいか？」

腹は決まっているのだが、念のために第三者の意見が欲しかったのだ。

「ゼルート君が相談事とは珍しいですね。一体どのようなものについての相談ですか？」

ゼルートは、他の冒険者やギルド職員に見えないように、ラッキーティアを一つテーブルの上に置き、そしてすぐに戻す。

「そ、それは……！！！　少しお待ちいただいてもいいですか」

そう言って、イルーネはどこかへ行ってしまった。

「分かった」

（上司に連絡するのか？　面倒な人じゃないといいんだけどな）

ゼルートの頭の中では、上司イコール面倒な人というイメージができ上がっている。

厄介事《やっかいごと》にならないでほしいと思っていると、息を切らしたイルーネが戻ってくる。

「も、申し訳ありませんが、会っていただきたい方がいるのですが、よろしいでしょうか」

「時間はどれくらいかかるんだ？」

そろそろ夕食を食べたい気分のゼルートとしては、なるべく早く終わらせたい。

「多分三十分ほどで済むと思いますが」

「……それなら大丈夫かな」

「よかった〜。それではついてきてください」

イルーネの後をついていき、いかにもお偉い人物がいるように感じられる重厚な扉の前に来たゼルート。

（え、もしかしてだけど……一番のお偉いさんがいる部屋な感じ？）

イルーネが扉をノックし、声をかける。

「ギルドマスター、ゼルート君をお連れしました」

「入ってもらって」

ゼルートはイルーネに扉を開けてもらい、中へと入る。そしてギルドマスターと呼ばれた人物の顔を見て、思わず固まってしまう。

（綺麗《きれい》……というよりは、妖艶《ようえん》と言った方が似合うか。身長は俺よりも高くて、スタイル抜群。そして、エルフ。……なんか、清楚《せいそ》なエルフのイメージをぶち壊してるよな）

「エルフ……で、いいんですよね？」

「ええ、そうよ。ふふ、ギルドマスターがエルフでビックリした？」

「はい。ビックリしたというか、意外でした」

人族とエルフの仲は、決して悪くはない。ただ、友好的かと言えば、個人レベルはともかく、街や国単位では、そこまででもない。

「まあ、確かに私のような、人族の社会に深く関わっているエルフは珍しいわね。エルフは、閉鎖的なところがあるのよね」

（やっぱりそうだったんだ。というか、この人はスタイルが抜群なうえに、着ている服の露出が多すぎて、目のやり場に困るんだが）

「さて、あなたに色々聞きたいことがあるのだけど、先に君に関する二つの問題について解決してからにしましょうか」

（ん？　二つもあるのか？）

「まずは、あなたのランクの話からしましょう。あなたは、Eランクにアップよ」

「Eランク？　Fランクじゃないんですか？」

唐突なランクアップに、ゼルートは面食らった。通常ランクアップは、そのランクの依頼を決められた回数こなしたあとで、昇格試験を受けることになる。しかも今回は、GからEと、二段階だ。

「あなたの実力を考えれば当然のことよ。それに、決闘ではDランクの冒険者に、酒場では酔っていたとはいえCランクの冒険者に圧勝。どう考えても異例よ。私としてはCランクの試験を受けさせてもいいと思うのだけれど、色々と周りが面倒なのよね」

過去に数段飛ばしでランクを上げた者はいるが、その者たちは何かしらの後ろ盾を持っており、刃向かう者が現れなかった。

ゼルートには後ろ盾と言えるものがない――少なくとも隠している――ので、本人としても今はCランクの昇格試験などは遠慮したい。

（特に、やたら自分に自信があるベテランや、新人からは反対の声が出てくるだろうしな。いや、新人の冒険者の場合は、嫉妬《しっと》から来るものもあるか）

「俺もそんなに急いでランクを上げたくはないので、大丈夫です」

「そうなの？　それならそれでいいのだけれど。それと、話がずれてしまうけど、ちょっと確認してもいいかしら」

「なんでしょうか？」

「あなたの本当の名前、ゼルート・ゲインルートよね」

（っ‼　なんでバレているんだ⁉　貴族らしい行動は取っていないはずだ。冒険者特有のネットワークかなんかで調べられたのか？　でもそんなに警戒されるほど大きな問題は起こしていないはずだが）

なぜそれを知られたのか、必死に思考を巡らすゼルートだが、すぐには思いつかなかった。そして、ここで嘘をついても得はなさそうなので、素直に答えてしまうことにする。

「確かに俺はゼルート・ゲインルートです。素性を隠してギルドに登録をするのはまずかったでしょうか？」

「いいえ。そんなことはないわよ。素性を隠したのは、貴族絡みの面倒事に巻き込まれたくなかったから、でしょ」

「そんなところです」

「なら大丈夫よ。たまにそういう人もいるから。それと、なんであなたの正体が分かったのか教えてあげるわ。五年ほど前に、王都で毎年開かれる貴族の子供たちをお披露目《ひろめ》するパーティーで、子供同士の決闘があったという話を聞いたの。ただの決闘なら、その前の年もそのまた前の年にもあったからそんなに珍しいことではない。でもその内容がとても面白かったわ」

ギルドマスターは当時初めてその話を聞いたときの感覚を思い出し、自然と笑みがこぼれた。

「決闘を提案したのは男爵家の子供よ。それを受けたのが侯爵家。自分から提案しているけど、決闘に負ければ、家が没落するどころではなく、一家全員が奴隷になってもおかしくはない。賭けの内容も面白かったわ。賭けの内容は一家の全財産。それも、提案したのは男爵家の子供。しかも一対一の決闘ではなく三対一という変則ルール。男爵家の子供の方が不利に見えるのは明らかだわ。おまけに、侯爵家の子供は魔法に関しては、とても才能があるとも言われていたらしいし、ますます不利な状況よ」

聞いているゼルートは、さすがに恥ずかしくなってきた。

「でも、男爵家の子供はそんな状況をものともせず一撃も食らわずに圧勝。それに、途中からは侯爵家の子供とその取り巻き二人に、ブレットという魔法で局部を何回も攻撃し、最後はその攻撃の強化版、確かマグナムだったかしら、でとどめを刺した。本当に面白くてたまらなかったわ」

(細かく伝わりすぎだろ！　でも、内容が内容なだけに、話が広まるのも早かったってことか)

「それと、あなたの決闘と喧嘩《けんか》での冒険者の倒し方がとても似ていたから、多分一緒の人物だろうと思ったのよ。年齢もぴったり合うし」

「……全部ギルドマスターの推測通りです。それで何か俺に罰でも？」

「いいえ、それについても、特に何もしないわよ。それよりも、ランクのことは融通《ゆうずう》しなくても、本当にいいのね」

「ええ、大丈夫ですよ。ゆっくり楽しみたいんで」

「そう。ふふ、面白い考えね。普通の人なら、私が気乗りしていなくても断らないのに」

「そうかもしれませんね。で、そろそろ次の問題に移ってほしいんですが」

「そうだったわね。なら、次の問題に移りましょうか。ラッキーティアの結晶を、あなたはどうしたいの？」

（どうするって……やっぱり売れば大金が手に入りそうだし、オークションに出したいとは思っている。でも、全て売りたいってわけじゃない）

「オークションはこの一か月以内にこの街でありますか？」

「ええ、もちろんあるわよ。一番早いのだと三日後かしら」

（三日後って随分と早いな。俺としては都合がいいんだけどさ）

「なら、オークションで売ろうと思います。お金があるに越したことはないんで」

売るのは一部……というのは言わないでおく。ギルドマスターは信じていいと思うが、世の中何があるか分からない。

「そう、分かったわ。後でオークションの紹介状をイルーネに渡しておくから、受け取ってちょうだい」

「分かりました。用件はこれで終わりでしょうか？」

「ええ、もう終わりよ。あ、一ついいかしら」

「なんですか？」

「これからは、私と話すときも、冒険者相手に話す口調で話しなさい」

予想外の言葉に、ゼルートの思考が一旦停止する。

（……なんか意図があるのか？　でも猫被んなくていいなら楽だし、そうさせてもらうか）

「分かった。これからよろしく頼むよ、ギルドマスター」

「こちらこそ頼むわ、ゼルート」

部屋から出たゼルートの脳裏には、ギルドマスターの姿が残っていた。

（いや～。にしてもあの人本当に……なんというか、エロかったな。胸もでかかったし、男にとっては目の保養にもなるが、ある意味毒でもあるな。多分あの人と会った男は、話が終わったあと必ず娼館《しょうかん》に行くんだろうな）

ゼルートはイルーネからオークションの紹介状とランクアップしたギルドカードを貰《もら》い、用事も済んだので帰ろうとする……が、そこでガンツに話しかけられた。

「おう、ゼルートじゃねえか！　ギルドマスターに呼ばれたみたいだが、なんかやらかしたのか？」

何かをやらかした。決してそういうことではないのだが、ギルドマスターに呼ばれたのは事実なので、即座に否定はできなかった。

（……やらかしたか。手に入れた素材を考えれば、あながち間違ってはいないんだよな……まっ、全部話す必要はないな）

「ちょっと珍しい素材を手に入れたからな。その素材をどうするのか聞かれたんだよ。もしオークションに出すなら紹介状を書くぞって言われてな、一応書いてもらったんだよ」

「ほ～オークションに出せるほどいい素材なのか？　上手くいったら晩飯ぐらい奢《おご》ってくれよ」

「自分よりランクが下のやつに奢《おご》らせるなよ。でも、上手くいったら飯ぐらい奢《おご》ってやるよ」

「おっ！　本当か⁉　約束だぞ。忘れんなよ！」

「ああ、忘れてなかったらな」

（ったく。テンションが高いな、このおっさんは。まあ、悪いやつじゃないから別にいいんだけどさ）

「ああ、それとゼルートにとって、あんまりよくない情報があるぞ」

「俺にとってよくない情報、か。厄介事《やっかいごと》になりそうな情報か？」

「厄介事《やっかいごと》か……確かに厄介事《やっかいごと》かもしれないな。とは言っても、ゼルートだったらすぐに解決できるだろうけどな」

「……調子に乗っている新人が、俺に突っかかってくるとかそんな感じか？」

ただ、ゼルートはこの街にやって来てまだ三日なので、今勢いのある新人の情報など一切持っていない。

「概《おお》ね合ってるな。お前、昨日の決闘でドウガンを倒しただろう」

（ドウガン……ドウガン……ドウガン……）

「ああ～～、ツルツル顔真っ赤おっさんのドウガンか」

「「「ブーーーーーーッ‼‼」」」

近くで酒を飲んでいた冒険者たちが噴き出して笑いはじめた。

ゼルートが周囲を見渡すと、ギルド職員まで笑っている。

「そ、そうだ。その、ツルツル顔真っ赤おっさんで、合ってるぞ」

ガンツも笑いを堪《こら》えながら話を続ける。

(にしても、そんなに面白いか、ツルツル顔真っ赤おっさんって名前。いや、名前じゃなくて二つ名か。二つ名がツルツル顔真っ赤おっさん……ぶっ！　た、確かに笑ってしまうな)

「それで、そいつがどうしたんだ？」

「あいつはあのときお前に絡んできたが、基本は面倒見がいいやつなんだ。よく、入ってきたばかりの新人たちに色々教えてるんだよ。それで、ドウガンが面倒を見たうちの一人に、新人にしてはそこそこ強いやつがいたんだが……そいつがそろそろ自分が住んでいた村から帰ってくるんだよ」

その部分だけ聞けば、確かにドウガンは頼りになる先輩なのだろう。

ただ、中身がどうであれ、ゼルートにとっては面倒なおっさんというイメージしかない。

「家族に近況でも伝えに行っていたのか？」

「多分、そんな感じだ。そいつはセイルっていうんだが……かなりドウガンを慕《した》っているんだよ」

「つまり、ドウガンに恥をかかせた俺に絡んできて、決闘にでも持ち込むかもしれないってことか」

「おそらく、そう来るだろうな」

(ドウガンが面倒を見ていたってことは、多分Eランクぐらいか)

慢心ではないが、ゼルートは自分に敵《かな》うEランクの冒険者などこの世にいないと思っているので、大して心配していない。

「情報ありがとな、ガンツ。これで酒でも飲んでくれ」

ゼルートは情報料ということで、ガンツに銀貨一枚を渡す。

「おう、悪いな。まあそういうことだから、気をつけろよ」

「そのときはそのときで楽しませてもらうさ」

それを聞いて、ガンツが若干《じゃっかん》呆《あき》れた顔をしていた。

だが、ガンツはゼルートの強さを見ているので、負けるイメージは浮かばなかった。

◇

翌日――

「ふっ！」

ゲイルの一閃により、オークメイジの体と頭がさよならする。

「あとはもういないか？」

「この辺りにはいないと思うよ」

「そうですね。ゲイルさんが倒したオークメイジで最後だと思います」

ブラウンウルフの討伐の依頼を受けていると、急にオークメイジに率いられたオークの集団が現れたので一瞬焦《あせ》りを感じたが、やはり、オークやその上位種程度では話にならない。

(倒したのは別にいいんだけど、依頼を受けていたわけじゃないんだよなあ……とりあえず解体して、魔石と肉を回収してしまおう)

「おい、みんな、魔石と肉だけ回収しといてくれ」

「分かりました!!」

「はい!!」

「うん!!」

そして、十体ほどいたオークたちを解体して魔石と肉を回収し終わってから、帰ろうとすると――

「ゼルートさん！　オークメイジが持っていた革袋の中に、こんな指輪が入っていたよ」

ラームから受け取った指輪は少々汚れているが、ただの指輪ではない。

鑑定眼を使って、どのようなものなのかを調べる。

反射の指輪　ランクC
効果　この指輪に込めた魔力の強さの分だけ、あらゆる攻撃を撥《は》ね返すことができる。発動回数も込めた魔力によって変わる（魔力を込めずともそこまで強くない攻撃なら撥《は》ね返すことができる。ただし使用回数は三回。使いきったらインターバルが一時間必要）。

（へえ～～～、そこそこいいマジックアイテムだな。効果からすると、魔力の少ない人でも使えるようにしてるってことだよな。いい拾いものをしたな）

実戦で使える指輪を手に入れたのは素直に嬉しいが、なぜオークメイジがこれほど上等な指輪を持っていたのかが気になる。

「冒険者か商人を殺して奪ったのではないでしょうか」

「なるほど。結構単純なことか……って、ゲイルはなんで俺の考えてること分かったんだ」

「とてもお顔に出ていたので」

(そ、そうなのか。ゲイルに心が読まれてるってわけじゃないんだよな？)

「でかしたぞ、ラーム。これは、仲間ができたときにでも渡すとするか」

「ゼルート様、お仲間を増やすのですか？」

ゲイルがそう尋《たず》ねる。

「ああ、そんなに増やすつもりはないけどあと二、三人は欲しいかなって思ってる。仲間が増えれば戦略の幅も広がるし、お前たちの負担も少しは減るはずだ」

「確かにそれはありがたいですね。しかし新しい仲間ですか……ならば、奴隷をお買いになってはどうですか。奴隷ならば裏切る心配もありません」

奴隷を仲間にする。実は、その選択肢を採る冒険者はそういない。

ギルドに行けば気軽にパーティーを組めるので、わざわざ稼いだ金で仲間を作るために奴隷を買う必要はないのだ。

しかしゼルートの場合は、色々と他人にバラされたくない情報があるので、そのあたりを守ってくれる仲間が欲しい。

「そうだな。ゲイルの考えはありだな。よし、それなら帰りに、奴隷を見に行ってみるか」

この予定を決めたゼルートたちは、ギルドで依頼達成の報告をしたところ、ちょうどいいところにガンツがいたので、奴隷を売っている場所を尋《たず》ねる。

すると、ガンツはニヤニヤしながら答えた。

殴《なぐ》ってやろうかと思ったが、その気持ちはぐっと堪《こら》える。

――が、最後に「今日買ったら早速夜の相手をさせるのか～」ともの凄《すご》くいやらしい顔でゼルートの顔を覗《のぞ》き込んだので、結局股間にブレットをぶち込んで悶絶《もんぜつ》させた。

自業自得としか言えない。

そして、ギルドを出てから歩くこと三十分、目的の場所である奴隷商人の店に到着する。

「ここがそうか……」

(なんか、いかにもって場所だな)

ゲイルたちを外で待たせて、少々ドキドキしながら中へと入る。

カウンターには、奴隷商人にはあまり見えない中年の人のよさそうな人が座っていた。

「いらっしゃいませ。本日はどのようなご用で」

「奴隷を買いに来た。見た目は子供だが、金はある」

そう言って、マジックリングから金貨がたくさん入った袋を取り出し、商人に見せた。

しかし、中年の商人は金の心配などはしていなかった。

「そちらの心配はしておりませんよ。あなたはゼルートさんですよね」

「っ！　確かにそうだが、なぜそれを？」

「これでも色々な冒険者を見てきましてね。ある程度の強さは分かりますよ。それにゼルートさんは、冒険者ギルドで話題の新人ですからね」

奴隷商にまで自分の話が広まっているという事実に、ゼルートから乾いた笑みがこぼれる。

(はぁ~……一体、俺の噂はどこまで広まってるんだ？　確かに目立つような行動ではあったが、そこまで広がるような……いや、もう気にしてもしょうがない。この件は忘れよう)

「それでは、どのような奴隷にしますか？」

「一緒に戦ってほしいから、ある程度の強さを持っているやつ。できればすぐに戦力になるやつがいいな」

「なるほど……一応普通の奴隷と犯罪奴隷の二種類がございますが、どちらにいたしますか」

借金などの理由で落ちたのが普通の奴隷。犯罪を犯した者が落ちたのが犯罪奴隷。

その二つは、主人が加えられる制約が異なっている。

「普通の奴隷で頼む」

「かしこまりました。ではこちらへ」

奴隷商人の後についていくが、奴隷の居住空間は劣悪というわけではなかった。

(奴隷の住んでる場所だから、もう少し汚いところかと思ったんだが……そこまでもないんだな)

「案外綺麗《きれい》なんだな。臭いもそこまでしないし」

「奴隷が病気にでもなったら値段が下がってしまいますからね。さあ、着きました。ごゆっくり見ていってください」

（……なるほどな。言うだけあって、なかなか強いやつが多いな。でもなんていうか……これと言って珍しいやつはいないんだよな）

実力のある奴隷がいないわけではないが、それでも仲間にしたいと気持ちが動く者は今のところいない。

もしかしたら、自分が求めるような奴隷はいないかもしれないと思い、ゼルートはある程度目星をつけながら、店主に要望を伝える。

「なあ、なんかもっとこう……特別なやつはいないのか？」

「そうですね……ゼルートさんは、ご自分の強さに自信はおありですか」

「ある程度。それがどうしたんだ？」

「多分、ゼルートさんの要望に当てはまる者なんですが、自分に勝った者の奴隷にしかならないと言う女の奴隷がいまして……」

（なんだ、そのプライドの高そうな姫騎士みたいな女は。でも、ここ最近にどこかの国が滅んだとか、クーデターがあったなどは聞いていないが……）

とはいえ、力には自信があるゼルートは、その女奴隷に興味を持つ。

「そいつは、もしかして獣人なのか？」

だとしたら、こちらにさほど情報が入ってこないので、姫騎士みたいな奴隷がいてもおかしくない。

「その通りです。見た目も強さもなかなかのものなのですが、性格に少し難がありまして」

「そうか……一応聞くが、値段はいくらぐらいなんだ」

「そこそこ希少な獣人なので、金貨八十枚です」

(金貨八十枚か……買えないこともないが、ちょっと高いな)

日本円にして八千万円。それなりに金を持っているゼルートでも、それは少々高い買い物だ。

「ですが、もし決闘に勝ってお買いいただけるのなら、半額の金貨四十枚でお売りいたします」

(おいおい！　いきなり五十パーセントオフかよ！)

嬉しい提案ではあるが、いきなりの半額に少々戸惑う。

「そんなに安くしていいのか？」

「ええ、もう買い手が五年も見つかっていないので。それに、その獣人はよく食べるので、その……」

「食費がヤバイってことか」

「お恥ずかしい話ながら、そういうことです」

「なるほどね……いいぞ。とりあえず、そいつに会わせてくれ」

「本当ですか!!　分かりました、こちらに来てください！！」

(むっちゃ嬉しそうだな、店主さん。どんだけ迷惑かけてるんだよ)

さらに奥に行くと、エルフやドワーフなどの亜人種の奴隷がいた。

「そろそろ着きますが、戦いの準備は大丈夫ですか？」

「ああ、問題ない。その奴隷はこの扉の向こうにいるのか」

店主に連れてこられた場所は、少々ぼろい扉の前だった。

この奥に、店主の悩みの種である獣人の女がいる。

「はい、そうです。先ほど申した通り、性格に難があるので、そこはご了承ください」

「分かった。元々そこら辺は気にしてないから」

「それはよかったです。中に入りますね」

店主が扉を開け、ゼルートは続いて中に入る。

そこには確かに、獣人の女性がいた。

見た目は綺麗《きれい》な銀髪のロングストレートで、見事なモデルスタイル。そして胸は大きい。顔は凛々《りり》しくも、どこか幼さが残っている。

（これは……いや、ギルドマスターとは別の意味で見惚《みと》れるな。ここまで鋭い美しさを持つ人は初めて見た。それにしても、見た目はいいとこのお嬢様って感じがする……もしかして、本当に獣人の貴族の娘だったりするのか？）

その雰囲気《ふんいき》が気になったゼルートは鑑定眼を使う。

（名前はナルク・スビート・ルアニマ。年齢は十五歳。俺より三歳上か。レベルは32か。そこそこ高いな。職業は……はっ!?　奴隷は分かるが……何なんだよ、これは!?）

全くもって予想していなかった事実に、ゼルートは目が飛び出しそうなほどの衝撃を受ける。

（狼人族《ろうじんぞく》の第三王女！！！　ちょっ、なんでそんな人が奴隷になってんだよ!?　ステータスは、人族のピークと言われている三十代の平均的な値の倍近く、大体６００はあるぞ。それに、スキル

の先祖返りってなんだよ‼　ものすげー危ない感じしかしないんだけど‼）

「おや、その顔はナルクさんがどのような立場だったか分かったみたいですね。鑑定系のスキルをお持ちでしたか？」

「あ、ああ一応な」

「それなら、早速ナルクさんと話し合いましょうか」

（いやいや、おいおい‼　その立場について華麗にスルーするなよ‼）

ゼルートとしてはサラッと流してほしくない情報だが、店主はそのまま会話を続ける。

「ナルクさん。あなたをお買いになりたいと言う人を連れてきましたよ」

「……ノールマさん。奴隷にさん付けで呼ぶのはどうかと思うと前に伝えたが……まあいい。……ふむ、お前が私の主になろうと言う者か…………なるほど。どうやら、今までのバカな冒険者や傲《ごう》慢《まん》な貴族とは違うようだな。まず名を教えてくれないか」

「ゼルートだ」

「ゼルートか……いい名だな。お前は何かを隠しているな。それが何かは分からないが、実力者ということだけは分かる」

「？　ということは、今回は戦わないのですか、ナルクさん？」

店主が首を傾《かし》げた。

「ああ、そういうことだ。だが、もしよかったらおま……じゃないな。あなたの実力の一端を見せてもらいたいのだが、いいか？」

「分かった。なら、場所を移動しよう」

ゼルートたちは、店主の案内で壁が頑丈《がんじょう》に作られている部屋に移動する。

「ここなら多少暴れても大丈夫ですよ」

「では、早速始めようか」

「分かった」

ナルクが頷《うなず》く。

（とは言ったものの、何を見せるとするか…………………）

「とりあえず、適当に構えてもらってもいいか」

「分かった。私は獣人だから、多少の怪我《けが》くらいは気にしなくていいぞ」

「大丈夫だ。一瞬で終わる。怪我《けが》などもせずに、な……行くぞ」

疾風迅雷《しっぷうじんらい》を無詠唱で使用したゼルートは、一瞬でナルクの視界から消え、背後に移動。そして腰にさげていた長剣を引き抜き、首筋に剣先を突きつける。

「なっ!!」

「これでいいか？」

「…………ああ、十分だ。これからはあなたの奴隷として生きていこう」

元第三王女というあり得ない獣人の奴隷が、ゼルートの仲間に加わった。

「いや～、もの凄《すご》い速さでしたね。私には何が起こっているのかさっぱり見えませんでした」

店主が感心したように言う。

「私もだ。おそらく魔法か身体強化の類《たぐ》いだろうが、どんなものかは全く分からなかった」

（そんな簡単に分かられたら、俺が困る）

地上にある応接室に戻ったゼルートたちは、買い取りの話に移った。

「条件を満たしたから、確か金貨四十枚だったよな」

ゼルートは必要な金を数え、纏《まと》めてテーブルの上に置く。

「……主は冒険者なのに、なかなかの金持ちなのだな。ランクはBかAといったところか？」

「いいや。まだEランクだ」

「主ほどの人族がEランクだと？　……何か訳アリということだな」

「理解が早くて助かるよ」

「私がいた国の兵士たちの中にも、まれに若いのにかなり腕が立つ者がいたからな」

（そういえば、こいつ狼人族の第三王女だったたな。正体がばれると面倒だ。容姿は……まあ奴隷になってから五年も経っているので、そう簡単には分からないと思うけど、名前がそのままってのはまずいな……）

「なあナルク、これから新しい名前を考えて、その名前を使ってくれないか」

「なんでそんなことを……ああ、そういうことか。確かに、私の容姿はかなり変わったから、簡単にはバレないと思うが、名前が一緒だと疑われてしまう可能性が高いな。よし。契約のときにそれも一緒にやってくれ。名は……ルウナで頼む」

店主であるノールマの奴隷契約の魔法で、いくつかの手順を踏んで契約が完了し、首輪をつける。契約内容は、簡単に言うと主の言うことを聞くこと。それと、主に危害を加えるような行動はできない。

（大雑把《おおざっぱ》に言えばこんな感じだな。他に大した内容はない）

「それではルウナさん、これからはよき人生を送ってくださいね」

「うむ。ノールマさんも体に気をつけろよ」

（う～ん。俺が思っていたより奴隷商人っていい人なのかな？　俺のイメージだと、裏で盗賊と繋がってるようなイメージがあるんだけどな）

ノールマの態度からそう思ってしまうゼルートだが、実際にはそんなことはなく、腹が真っ黒な奴隷商人も存在する。

「そんじゃ、まだなんで昼飯でも食いに行くとするか」

「そうだな、主よ」

「………その主って呼ぶのはやめてくれないかな」

ゲイルのゼルート殿という呼び方すら少々恥ずかしいと感じているくらいなのに、ゼルートは主呼びはやめてほしいと強く願う。

「それなら、なんと呼べばいいのだ？」

「そうだなあ…………考えるのめんどくさいから、ゼルートでいいよ。俺が許す」

「分かった。それよりすまないが、腹がかなり減ってきた。早く料理が食べたい」

「はいはい、分かったよ」

随分と態度のでかい奴隷を買ってしまったなと思うが、ルウナを買ったことを後悔はしていないゼルート。むしろ超美少女と並んで歩けるのが超嬉しい。

(さてと、店に入ってテーブルに案内されたまではいいんだけど……)

「ルウナ、なんで床に座ってるんだ」

「？　奴隷なんだから当たり前だろう」

一般常識として、奴隷が主人と一緒に食事をすることはない。

(あ～……そういうことね。俺はこの世界の常識からはちょっとズレてるってことか)

だが、ゼルートからすれば、そんな常識などどうでもいい。

「ルウナ、俺はそういうのは気にしないから、椅子に座れ」

「しかしだな……」

「俺がいいって言ってるんだから、いいんだよ。分かったな」

「……分かった。それにしても、ゼルートは奴隷の扱い方が変わっているな。普通は奴隷と一緒に食事などしないのに」

「……誰と比べているのか知らないが、俺をそこら辺のアホな貴族と一緒にするなよ」

中身は完全に庶民であるゼルートは、他人を見下《みくだ》したりイジメたりことで快感を得ようなどという、悪い意味での貴族らしさとはかけ離れた存在だ。

「ふ、そうだったな。あなたはそういう人だったな」

「そういうことだ。そんで今日の予定だけど、昼飯食ったらギルドに行くから」

「私も冒険者に登録するのか？」

「まずはそれが目的だ」

「了解だ」

昼食のオークのステーキを食べ終えたゼルートたちは、ゆっくり腹を刺激しない程度の速さでギルドに向かう。

(オークの肉は相変わらず美味《うま》いが、ソースも美味《おい》しかったな)

ゼルートは、今日の昼食にご満悦なままギルドに到着し、受付嬢のもとで冒険者登録を行う。

(やっぱり視線が集まってくるな。まあ、ルウナは野性味があるクールな美人だし、スタイルもかなりいいから、視線を集めてしまうのは必然か)

「ゼルート、いやらしい視線を送ってくる者を全員潰《つぶ》してもいいか？」

(おーいおいおいおいおい！！！　いきなりそんな物騒な発言すんなよ！！！　おい！　そこの女性の冒険者!!　そんな、思いっきりやっちゃいなさいみたいな顔すんなよ!!)

ルウナは、ゼルートが思っていたよりも喧嘩《けんか》っぱやかった。自分がしっかり見張っていないと問題が起こるかもしれない……そう思わざるを得ず、戦力は増えたが心労も増えた。

「潰《つぶ》すのは、手を出してきてからにしてくれ。それより、まずは登録だ」

「それもそうだな」

(納得してくれたようで何よりだ)

「すまない。この人の冒険者登録を頼む」

「かしこまりました。それでは……」

「ルウナだ」

「ルウナさん、こちらの用紙に必要事項をお書きになってください。それが終わったら、冒険者についての説明に入ります。文字は書けますか？」

「問題ない」

ルウナが説明を受けている間、何かいい依頼はないかとゼルートは探しているが……どれもランクの低い魔物の討伐ばかりなので物足りなかった。

ゴブリンやブラウンウルフ、アインアント、バークバードと、ほぼEランクである。

（おっ、ポーションと解毒薬の依頼か……これなら今すぐ渡せるし、これに……）

「おい！　お前がゼルートか!?」

後ろから声がして、ゼルートは振り返った。

（なんかいきなりわけの分からん青年が絡んできたんだが、厄介事《やっかいごと》の臭いしかしね〜）

「確かに俺がゼルートだけど。俺になんか用か？」

「今から、俺と決闘してもらう！！！」

（……これまた自己中心的なやつだな。人の都合ってものを少しぐらいは考えられないのかよ）

ゼルートは、彼が多分ガンツの言っていたセイルだと思った。

見た目は短めな茶髪で、そこそこのワイルドなイケメン。後ろのパーティーメンバーらしき男一人と女二人も顔は整っている。

ゼルートに話しかけてきた男は、戦士と盾役を兼任してる様子だった。

もう一人のひょろっとしてる優男《やさおとこ》は、服装からすると戦士のようだ。線が細くて頼りなさそうだが。

女二人のうち一人は盗賊なのだろう。片手剣を持ってるから戦闘もできるようだ。見た目はスポーツ女子だった。

もう一人の女の子は、回復要員兼攻撃魔法担当にちがいない。見た目はおっとりとした癒し系だ。

ゼルートにしてみれば、全員いかにもリア充です、という感じでうざかった。

それになにより――

「人にいきなり決闘しろってお前な～、理由はなんだよ。それから、名前聞いたんだったら、お前も名乗れよ」

「うっ、そ、それもそうだな。俺はセイルだ」

（やっぱりそうか……）

「僕はロークです」

「私はラナ」

「私はミールと言います」

ゼルートは頷《うなず》いた。

「そうか。そんで、お前ら四人が俺になんの用だ」

彼らが自分に絡んできた理由は分かっているが、やはり本人たちの口から聞きたい。

「お前がドウガンさんと戦って完勝したと、ギルドで聞いた。だが俺はそんなの信じない！！！

あのドウガンさんが、お前みたいなやつに負けるはずがない！！！」

（お前みたいなやつって、お前が俺の何を知ってるんだよって、言いたくなるな）

確かに、ゼルートはガキだ。そして、強者が放つような特有のオーラも抑えている。

ならば、それを解放すればいいのではと思う人もいるだろう。しかし、ゼルートとしては日常で他人を力で圧倒し、見下《みくだ》したいわけではない。

だから、日常の中でゼルートの強さに気づける者はほとんどいない。

「それに、ドウガンさんは火炎大切断を使ったと聞いた。お前があれを防げるわけがないだろう！！！」

（あの決闘を見ていないのに、なぜそう断言ができるのか）

ゼルートの頭の中は、はてなマークがいっぱいだが、理解するのは無理だと判断して、考えるのを放棄する。

「まあまあ、セイル、落ち着いて」

（おお、優男《やさおとこ》君、ナイス！　そこから説教タイムだ）

セイルの暴走を止めたロークに、そんな期待をするゼルートだったが、それは呆気《あっけ》なく散る。

「でも、僕も君がドウガンに決闘で勝ったっていうのは、信じられないな」

ロークもドウガンに世話になっており、その強さを知っているので、やはりゼルートがドウガンに勝ったという話が信じられないのだ。

「私も正直信じられないね」

「も、申し訳ないですけど、私も……」

（スポーツ女子と癒し系の女の子までそう思ってるのか）

一人ぐらいは、自分の勝利を信じていると思っていたゼルートだが、四人とも真面目に、冒険者になったばかりのゼルートがベテランのドウガンに勝てるとは全く思っていない。

「なるほど。だから自分たちが俺に勝って、俺がドウガンに勝ったのはまぐれだということを証明しようってわけか」

（その気持ちは分からなくもないけど……できれば年齢が近そうなやつとは仲良くしたかったんだけどな……でも、それも無理そうだ）

今回の場合は、因縁があるので仕方ない。

「ゼルート、何か揉《も》め事でもあったのか」

「ルウナか、戻ってくるのが遅かったな。何かあったのか？」

「登録の手続きをしてくれた受付嬢が気を利かせて、Ｅランクへの昇格試験を受けさせてくれた」

「試験内容は、冒険者との模擬戦か？」

「そうだ。弱くて話にならなかったがな」

ルウナの実力は、ゼルートと同じくルーキーの域を完全に超えているので、大抵の相手は満足する結果にならない。

「そして、近々行うＤランクへの昇格試験も受けさせてもらえるらしい」

「マジか！　そりゃよかったな」

「ああ、確かにいいことだ。面倒な依頼を受けずに済んだな。それはそうと、こいつらは何なのだ？」

ルウナは、ゼルートと話しているときは柔《やわ》らかい目をしていたが、それが急に鋭い目つきへと変わり、セイルたちを硬直させる。

「さっき、お前がいない間に決闘を申し込まれたんだよ」

「そうだったか。ふむ……この程度のやつらなら、ゼルートが受けずとも私で十分だな」

ルウナのいきなりの発言に対し、当然のようにセイルが怒り出す。

「ふ、ふざけるな!!　いきなり出てきて、何なんだお前は!?」

「私か？　私はルウナ。ゼルートの奴隷だ」

その言葉を聞いた瞬間、四人の顔が一気に赤くなった。

（純情すぎるだろ、お前ら。しかし、この状況をどう収めようか）

そこへ、ガンツが現れた。

「そのあたりでやめておけよ、お前ら。優劣をつけたいんだったら、今度のDランクへの昇格試験は俺が担当だから、俺が決めてやるよ」

ゼルートは、自分が全く聞かされていない情報が入っている気がして困惑する。

「ガンツか。いいところに来てくれて助かったが、その口ぶりだと、俺も試練を受けるのか？」

「当たり前だろ。お前みたいなやつが、いつまでもEランクにいていいわけないだろ。まあ、受ける受けないはお前の自由なんだけどな」

（まだ冒険者になって一週間ぐらいなんだけど……この争いを終わらせるにはちょうどいいか。Dランクまでなら、ルーキーが短期間で成り上がってもおかしくないだろうし）

才能と実力がある者が、冒険者になって一年以内にDランクへと昇格する例は多い。

ただ、冒険者になって約一週間という早さでDランクの昇格試験を受けた者はほとんどいないが。

「分かった。その昇格試験、俺も受けるよ」

「そりゃよかったぜ。お前らもそれでいいか？」

「わ、分かりました」

（どうやら今日は引いてくれるみたいだな。よかったよかった）

「試験は六日後だ。朝の七時までにギルドに来いよ」

集合日時を伝えると、ガンツは友人と飲むために足早にギルドから出ていく。

（にしても六日後か……あれ？　確か四日後にオークションだったよな）

冒険者になってから約一週間、予定していなかったイベントが盛りだくさんな状況となった。

◇

そして、オークション当日。

ゼルートは今ルウナと一緒にオークション会場にいる。

ゲイルたちはオークションには興味がなく、ラガールのもとで訓練を行《おこな》っている。

三体曰《いわ》く、最近相手にしている魔物が弱すぎて実戦にならない、と。

(確かに、最近戦っている魔物の強さを考えれば、あいつらのフラストレーションが溜《た》まるのも仕方ないか)

「ゼルート。ぼーっとしてどうしたのだ？　寝不足か」

ルウナはゼルートを心配そうに見ている。

「いや、訓練相手がいないのも問題だなって思っただけだよ」

「……ラルたちのことか？」

ゼルートやルウナも、ゲイルたちの訓練相手にはなるが、それでもだんだんと刺激がなくなる。

「そうだよ。まあ、それより今はこれを、会場裏に持っていかないとな」

ゼルートは、アイテムリングから布に包んだラッキーティアを取り出し、丁寧に持つ。

売るのは一つだけ、ただし一番大きいものにした。

「本当に私の主は規格外だな。今回のオークションの結果によっては、そこら辺の貴族より資産が多くなるぞ」

「それは……なかなかヤバイな」

「ああ。かなりヤバイぞ」

そんな会話をしながら、商品の置かれている部屋へと入る。

最初は部屋を警備している者に、子供だからと追い返されそうになったが、ギルドマスターの紹介状を見せたら、慌《あわ》てた様子で中へ促してくれる。

（こういった場所に来てるんだから、もしかしたら貴族の子息かもしれないとか考えて、もうちょい丁寧な対応をしろよ）

ゼルートは内心では愚痴《ぐち》をこぼしつつ、表には出さない。

「ようこそお待ちしておりました、ゼルート様。オークションを主催するドップスと申します」

老人の一歩手前ぐらいの紳士が部屋の中に立っており、戦う者とはまた違った強者の雰囲気《ふんいき》を醸《かも》し出している。

（この人が今回の主催か……やっぱり、鑑定のスキルを持ってるみたいだな）

失礼とは思いながらも鑑定眼を使うと、ゼルートの鑑定眼ほど高レベルではないが、平均より上の鑑定スキルを、ドップスは有している。

「なんでも、ラッキーティアをお持ちと聞いておるのですが……」

「はい。これがラッキーティアです」

一キロほどのラッキーティアを、ゆっくりと机の上に置く。

「おおおおお!!　…………これが、ラッキーティア。私も数々の宝石を見てきましたが、これほどの美しさを放つ宝石を見たのは初めてです!!」

（いい年した大人がはしゃぐ姿って、想像以上になんていうか……シュールだな）

だが、非常にレアな実物のラッキーティアを見られるということは、それほどのものなのである。

誰もそれを咎《とが》める者はいない。

「んん!!　すみません。少しばかり興奮してしまいました。それではゼルート様とお連れの方。こちらのビップルームへどうぞ」

豪華な服を着た貴族たちが数多くおり、ゼルートにとっては久しぶりに眩《まぶ》しい場所だった。

「こちらがゼルート様と、ええと……」

「ルウナだ」

「ルウナ様の席でございます」

ルウナは一瞬椅子に座るのを渋《しぶ》るが、ゼルートが座れと視線を向けたので、遠慮がちにだが座った。

(……周りの貴族の視線が痛いな。まあ、奴隷を連れているとはいえ、俺みたいな子供がいたら、そういう目で見るか)

ゼルートが子供だからという理由ももちろんあるが、今回のオークションにやって来た服装もよくなかった。今は正装など持っていないゼルートは、武装こそしていないが、いつもの冒険者の服なので、当然だが貴族の子息とは判断されなかった。

(そんなにジロジロ見ないでほしいんだが)

「緊張しているのか、少年」

隣に座ってゼルートに声をかけてきた人物は、美しい令嬢だった。間違いなく貴族だ。

綺麗《きれい》に結ばれた金髪。鋭くも、どこか優しさがある瞳。そしてスタイルも、ルウナと同じように抜群で、男の視線を引き寄せる。

ゼルートを見る目は、周りの貴族とは違い、対等な一人の人間に対するものだった。

そんな超美女に、ゼルートは固まってしまう。

(……この世界には美女が多いってことは分かっていたけど、飛び抜けてる人は、本当に飛び抜けてるな)

「はい。このようなところに来るのは初めてなので」

(嘘です。一回だけ王城に行きました)

しかし、その一回は周囲の大半が子供だったが、今回は大人がほとんど。

「そうか。じっとしていればすぐに終わる。肩の力を抜いて、ゆっくりしていればいい。ところで、君は冒険者か？」

「はい。まだ駆け出しですけどね」

「駆け出しか……私にはそうは見えないがな。おっと。まだ自己紹介をしていなかったな。私はミーユだ。ミーユと呼んでくれ。一応、親が貴族だ」

「僕の名前はゼルートです。よろしくお願いします、ミーユさん」

「む……まあ構わんか。こちらこそよろしく、ゼルート。ところで、ゼルートは今日は何をしに来たんだ？」

「数日前に珍しいものを見つけて、調べたらそこそこ価値があるものだと分かったので、それを出品しに来ました」

「ほう……それは楽しみだな。どれくらい珍しいのだ？」

「そうですね……ギルドマスターが言うには、ここ何年かはオークションにも市場にも現れなかったらしいですよ」

「そんなに珍しいものなのか。ますます楽しみだな」

ゼルートは思いのほかミーユとの会話を楽しんでいる。

緊張もほぐれ、楽な気分になっていると、ようやくオークションが始まった。

（さてさて、いくらで売れるのか……実際にどれぐらいの価値があるのか知らないから、予想できないな）


オークションに初めて参加したゼルートは、その熱気と狂気に圧倒されっぱなしであった。

出品物が壇上に現れ、司会者であるドップスが、それを紹介して最低落札額を提示する。

そして競り合いが始まるのだが……その瞬間に、参加者たちの熱が一気に膨れ上がる。

落札額は、一般人が聞けば卒倒しそうな額ばかり。ゼルートは美術品などには興味がないので、なぜそこまでの大金を出すのか理解できない。

多くの出品物が出される中、ゼルートも亜竜の剥製《はくせい》が現れたときにはテンションが上がった。

亜竜ワイバーンは、ランクCの魔物ではあるが、ドラゴンに分類される。

そんなワイバーンの剥製《はくせい》はほとんど傷がない状態であり、落札額も今回のオークションでトップクラスだった。

「亜竜とはいえ、ドラゴンの剥製《はくせい》とはなかなか見事なものだな」

ミーユも感心していた。

「ええ。本当に迫力がありました」

「そういえば、ゼルートが出したものはどれだったのだ？」

「ドップスさんが午前の部の最後に出すと言っていたので、もうすぐ出てくると思いますよ」

「そうか、それは楽しみだな」

ゼルートが出品したラッキーティアは、参加者たちのテンションをさらに上げるため、午前の部のラストに現れる。

「さあさあ、みなさん。楽しんでいただけているでしょうか。いよいよ午前の部も最後の品となりました。さて、今回の品ですが……正直に言います。私はこのオークションの主催を始めてから今までで、一番の衝撃を受けました。できれば自分で落札したいくらいです」

ドップスの言葉に、客席が騒《ざわ》めく。

（今更だが、主催って司会までやるものなのか？）

そんなゼルートの疑問をよそに、観客の期待が高まる。

「私の予想ですが、オークション史上最高の落札価格になると思われます。その品が…………こちらです！！！！」

ドップスが、品を覆っていた布を退けると、ラッキーティアが姿を現した。

それを見た客たちから、もの凄《すご》い歓声が上がる。特に貴婦人たちから悲鳴に似た声が上がった。

そして、夫に絶対に落札するように、鬼の形相で迫っている。

（…………ご愁傷《しゅうしょう》様だな。使うお金は個人の財産だろうから、旦那の懐《ふところ》は一気に寒くなるな）

予想外の出品物に、今までどんな商品が出てもそこまで驚くことがなかったミーユも、口を開けて固まっている。

「みなさんもご存じの通り、王都の美術館に飾られているラッキーティアと同じです。しかも重さは、なんと一キロもあります！！！」

ドップスの言葉に、再び大きな歓声と悲鳴が上がる。

一キロあれば、指輪やネックレスなど、複数のアクセサリーを作ることができる。

「さあ、金貨千枚からスタートです！！！」

「千五百！」

「二千五百！」

「三千!!」

今日一番の早さで落札額が上がっていく。

ちなみに金貨一枚は日本円にして百万円。つまり、最低落札額は十億円である。

ゼルートには、宝石になぜそこまで大金を積もうとするのか疑問だった。マジックアイテムの素材としても有能なので欲しいという気持ちは分かるが、ただ身につけるための飾りとして欲しがる気持ちは理解できない。

しかし貴族や商人たちの競り合いは続き……ようやく落札額が決まった。

「十万！！！！」

（はあああ〜〜〜〜〜〜〜〜！！！！？？？？）

心の中で絶叫するゼルート。

（金貨十万枚って……黒耀金貨十枚だろ!!　前世だと……い、一千億円！！？？　まじか!!　城が建つぐらいの金額なのか？　値段が高すぎて、頭が混乱してきた）

高値がつくだろうと思っていたが、あまりにも高すぎる金額に、ゼルートの頭はパンク寸前だった。

「他にはいませんか？　それではラッキーティア一キロ。金貨十万枚で落札です！！！！！」

会場が歓声と悲鳴で覆いつくされる。これにて午前の部は終了となった。

ゼルートは、落札額から手数料を引いた金額――黒耀金貨八枚と白金貨百枚で貰《もら》った。

お金を受け取る際、ゼルートの手は震えていた。

（冒険者になって人生を楽しむという目標があるから、ニート生活とはいかないが、前世だったら絶対にニート生活を送っているだろう）

つつましく暮らせば一生……ではなく、遊びながらでも一生を送れるほどの金額を手に入れたゼルートは、すぐにアイテムリングに入れてしまう。

そしてルウナと昼食を取り、午後の部が始まる前に席に戻った。もう用はないので帰ってもよかったのだが、せっかくなので最後まで見ていくことにしたのである。

「一気に金持ちになったな、ゼルート。これからはどう生きていくんだ？」

また隣に座ったミーユに問いかけられる。

「そうですね……たくさんお金は手に入りましたけど、僕は冒険者としての生活を楽しみたいので、それほど生活は変わりませんね。そういえば、ミーユさんはなんでオークションに参加したんですか？」

「……噂で、私の友達が奴隷になったと聞いたのだ。嘘だと思っていたのだが、一応抱えている諜報部隊に調べてもらった。すると、その情報が本当で、さらに今回のオークションに出るという情報も掴んだ。だから、私が使える金を全て持ってきた」

（…………なんて重い話なんだ）

ゼルートは、聞かなければよかったと、少々後悔する。

（でも、友達のためにそこまでできるってのは、素直に凄《すご》いな）

ミーユの友人を思う心に感動していると、ゼルートは自分たちに向けられている嫌な視線を感じ取った。

（な、なんかさっきから脂《あぶら》ぎった、無駄に豪華な服を着た豚みたいなおっさんが、俺たちを……ではなく、正確にはミーユさんを見てるな）

その豚貴族の存在を確認してから、ゼルートの頭にはずっと嫌な予感が残り続けた。

◇

午後の部のオークションが始まってから一時間ほど経ち、数々の奴隷が出品されているが、まだミーユの友人は現れない。

奴隷たちは、オークションに出るだけあって、珍しい種族や有能な人物が多い。

エルフに獣人、ドワーフ、小人族など、多くの種族が、奴隷として壇上に現れた。

どんな理由で奴隷に落ちたのかは分からないが、奴隷たちのその後の人生を考えると、自然と表情が歪《ゆが》むゼルート。

(……落札者の全員が全員カスだとは思わないが、いい人生が待っているとも限らないだろうな)

そしてついに、ミーユの友達が現れた。

身長は百七十センチ近く、髪は茶色でショートカット。顔はミーユと似た感じで凛々《りり》しさを感じさせ、スタイルもルウナに劣らない。

(これからどんなやつの奴隷になるのか分からないのに、表情が死んでいない……よっぽどメンタルが強い人なんだな)

「さあ、続きましては、元Aランクの冒険者、アレナだ〜〜〜！！！　わずか五年あまりでAランクとなった、とんでもない才能を持つ元冒険者だ！！！！　金貨二百枚からスタートです！！！」

そこから一分ぐらいは、貴族や商人たちが値段をつり上げていき、六百枚にまでなる。

そこへ、ミーユが一気に千枚まで上げた。

一気に四百枚も上がったので、これで終わりだなとゼルートは思っていたが、競う相手はまだ存在していた。先程からミーユのことを見ていた豚貴族だ。彼が、千百枚に上げてきた。

そこから競り合いが続き、枚数は二千枚にまで上がる。

そこで、ミーユの口がストップしてしまった。

（あの豚貴族……あのアレナっていう女の人が欲しいんじゃなくて、ミーユさんの家との交渉材料として手に入れようとしてるな。ミーユさんをいやらしい、というか、欲に塗《まみ》れた目で見ているし）

ゼルートの考えは正しく、豚貴族はミーユを自分のものにするために、わざわざアレナという奴隷を手に入れようとしている。

ミーユの持ち金は、金貨二千枚以上はなく、これ以上はどうしようもできない。

悔しさに顔が歪《ゆが》み、射殺しそうな目で豚貴族を睨《にら》む。

（なんかな……ミーユさんとまだ知り合ったばかりだし、助ける義理はないんだけど、このまま見てるだけってのもな…………そうだよな、俺がこんなに大金持っていても大した使い道はない。ここは男を見せる場面だ！！！）

「二千五百!!」

「おおっと、ここでプラス五百枚だ～～～！！！　もう上げる人はいませんか？」

突然のゼルートの参戦に、ミーユが驚いた表情で顔を向ける。

「ゼルート……なぜ」

「勘違いしないでくださいよ。ここであなたに恩を売っておいたら、今後のためになるかなと思ったからです」

「…………ふっ、そうか」

（この返し方……絶対にバレてるよな？　あ～だめだ。恥ずかしさで顔から火が出そうだ。下手にカッコつけるものじゃないな）

それでも、このまま黙って見ていることはできず、真っ向から勝負する。

「ちっ、三千だ！！！」

「五千！！！」

「ぬううう！！！　ろ、六千五百だ！！！」

（ちっ、しつこいんだよ！！！）

「八千！！！」

「く、ぬうううう……くそっ！！！！」

「八千枚が出ました！！！　他にはいませんか？　いないようなら、元Aランク冒険者のアレナは、金貨八千枚で落札だ～～～～！！！！」

金貨八千枚という今までで一番高い買い物を人のためにしたが、ゼルートは全く後悔していない。

（とりあえずミーユさんに恩を売れたし、お金はまだ大量にあるんだから問題ない。ところで、奴隷の主って、変えられるんだっけ？）

ゼルートは今、数時間前にラッキーティアの代金を受け取ったところにいる。

「それではゼルート様、アレナと奴隷契約をしますが、よろしいでしょうか」

「はい、分かりました」

最初は奴隷契約をミーユに変わってもらおうと思っていたが、それだとオークションのルールを破ったことになり、貴族間でのミーユのイメージが悪くなるので、ひとまずゼルートがアレナの主となる。

「アレナ、これからはゼルート様がお前の主だ。粗相《そそう》のないようにな」

「はい。もちろんです」

ドップスはゼルートから白金貨八十枚を受け取ると、いい笑顔で奥の部屋に戻っていった。

「えっと……ゼルートだ。冒険者をやっている」

「アレナよ。説明にもあったと思うけど、元Aランクの冒険者。といっても、奴隷に落ちたから、もし冒険者になったとしてもランクはまたGからやり直しだけどね。それはそうと、あなた冒険者だったのね」

「そうだけど……それがどうかしたのか？」

「いいえ、白金貨八十枚も出す子供が冒険者だとは思わなかったのよ」

(確かに、俺みたいな子供があんな大金持ってるとは普通思わないよな)

ゼルートと同じ歳で商売を始めている者はさすがにおらず、現時点では間違いなく十二歳の中で世界一金を持っている。

「珍しいものを手に入れたんでオークションに出してみたら、予想外の額になったんだ。それで買えたようなものだ」

「そう。何はともあれ、これからよろしく頼むわね……えっと主か、それともマスターって呼んだ方がいいかしら？」

「いや、普通にゼルートと呼んでくれ。堅苦しいのは嫌いなんでな。それに、俺は奴隷だからといって下に見るのは嫌なんだよ」

「そう……私の運は尽きていなかったようね。それでは改めてよろしく頼むわね、ゼルート」

「ああ、こちらこそよろしく頼むよ、アレナ。それで早速なんだが、会ってもらいたい人がいるんだがいいか？」

「別に構わないけど……一体誰かしら？」

アレナの許可を取ったゼルートはホッと一安心し、ミーユを部屋に呼ぶ。

「入ってください」

ゼルートは、扉の向こうにいるミーユとルウナに声をかける。

そして部屋に入ってきたミーユを見て、アレナは目を大きく見開いた。

「な、なんでミーユがここに？」

「お前が奴隷に落ちたという噂を聞いた。それで、今日お前を買い、奴隷から解放しようと思ったのだが、とある貴族に邪魔をされてな。私が持ってきた金ではもう競れなくなったところで、ゼルートが助けてくれたのだ」

「そう、だったのね。ゼルート……本当に、ありがとう」

「おいおい、礼を言うならミーユさんにだろ。友達のためにここまでしてくれる人なんてそうそういないぞ。それに俺だって、今日ミーユさんと会わなきゃ買うつもりはなかったんだ」

「そうね。ありがとう、ミーユ。私なんかのためにここまでしてくれて、本当にありがとう」

「何を言っているのだ。私たちは友達だろう。私はアレナの友達として、当然のことをしたまでだ」

「ミーユ……」

アレナは、ミーユによしよしされながら涙を流す。

（いいね〜。前世でもこれぐらい助け合える友達が欲しかったもんだ）

そして――

「ご、ごめんなさい。あまりにも嬉しくてつい」

落ち着いたアレナは頬《ほお》を赤らめていた。

「いや、気にすることはない。それでだな、俺のパーティーメンバーを紹介したいんだが」

「ええ、是非頼むわ」

「ルウナ、よろしく」

「了解だ。私は見ての通り狼人族の獣人だ。名前はルウナ、冒険者のランクはEで、二日後にDランクの試験を受ける。得意な武器は……基本は籠手《こて》を装備しての格闘だな。一応双剣が使える。これからは同じパーティーメンバーとして、よろしく頼む」

「こちらこそ、よろしく頼むわ」

（そういえば、ルウナの言った通り、二日後はランクアップの試験だ。一応、準備はしてあるが、もう一回確認するか）

オークション会場を出た宿に戻った後、ゼルートはDランクの昇格試験に備えて、自分が現在持っている道具の再確認を行《おこな》った。

◇

オークションの翌日。

あの後、ミーユから何か困ったことがあったら、何でも言ってほしいと伝えられた。

アレナを救ったことで、ゼルートはミーユから大きな信頼を得たのだ。

アレナに、主人を変えるかと聞いたが、断られてしまう。

できることならミーユと一緒にいたいが、自分が彼女のそばにいることで迷惑がかかるかもしれないから、ということだった。

何より、一番恩を感じているのはゼルートだから、一生かかってもこの恩を返していきたいと、真摯《しんし》に伝えられた。

そのとき、ゼルートは嬉しさよりも恥ずかしさの方が上回り、返事をするときに噛《か》みまくってしまった。

アレナとルウナは同じ女ということもあって、すぐに仲良くなった。

会話の内容が、魔物の倒し方や武器のことと、全然女性らしくないが、それでもゼルートとしては仲間が仲良くなって当然嬉しい。

そして、アレナを冒険者登録する際、彼女が元Aランクの冒険者だったため、申請するときに色々と聞かれる。最終的には、ギルドマスターのところにまで連れていかれた。ただ、事の顛末《てんまつ》を話したらすぐに了承されたので、少々時間を無駄にしたというだけで事は終わっている。

(ギルドマスターが、俺がオークションに行っていたことを知っていたからってのもあるだろうけどな)

対応してくれた人がベテランの受付嬢だったこともあって、迅速《じんそく》に手続きが進んだので、他の冒険者から絡まれたりすることはなかった。

アレナのランクはまたGから始めることになるが、経験と強さから今回のDランクの昇格試験を受けてもいいと判断される。

そして、ゲイルたちとは、しばらく別行動を取ることになった。

お互いのことが嫌いになったとか、そういうことではない。

今のままでは強くなれないというゲイルたちらしい理由だ。

ゼルートは、その理由に苦笑いで了承した。

もちろんゲイルたちの力が必要になったら、いつでも召還できる。

何より、今のままではゲイルたちが成長できないのは確かなので、ゼルートは野宿ができる用具一式と体力と魔力の回復ポーションを、自作のアイテムバッグごと渡しておいた。

明日はいよいよDランクの昇格試験。

ゼルートはとにかく面倒事が起きないことを祈りつつ、眠りについた——

Character Status

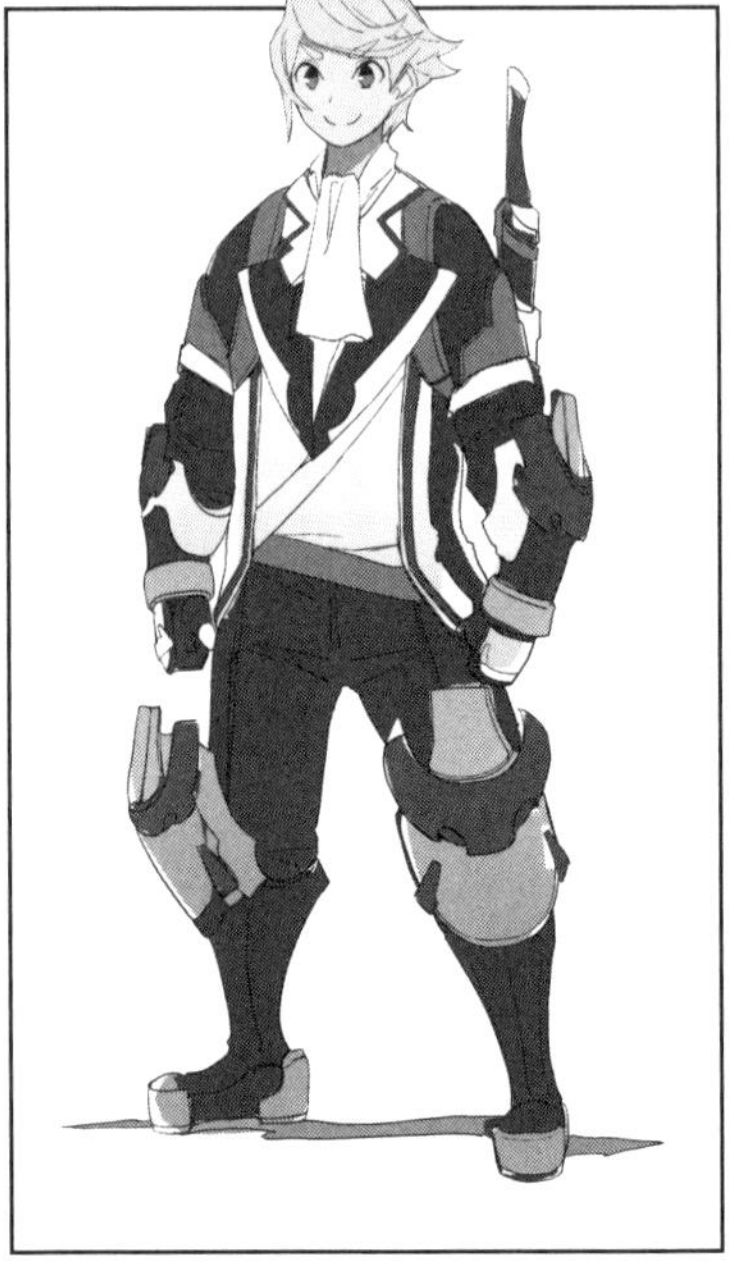

名前
ゼルート・ゲインルート

職業 冒険者

レベル 40

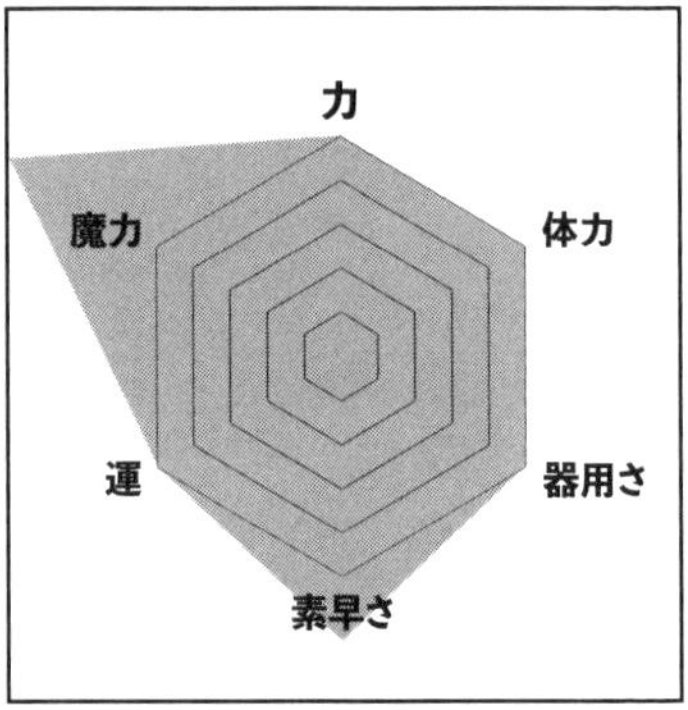

スキル

剣術、短剣術、槍術、斧術、双剣術、刀術、体術、盾術、火魔法、水魔法、風魔法、土魔法、雷魔法、光魔法、闇魔法、氷魔法、溶岩魔法、身体強化、脚力強化、腕力強化、硬化、剛力、迅速、無詠唱、魔力操作、錬金術、料理・・・

特　技

ポーション作り、魔法全般、剣術と体術

好きなもの

マジックアイテム、ボードゲーム、
戦闘（戦いが始まればなんだかんだ楽しんでいる）、
錬金術

嫌いなもの

自分や仲間や家族等に危害を加えようとする権力者、
自分勝手で人の話を聞かない者

Character Status

名前
ゲイル(リザードマン)

職業 従魔

レベル 42

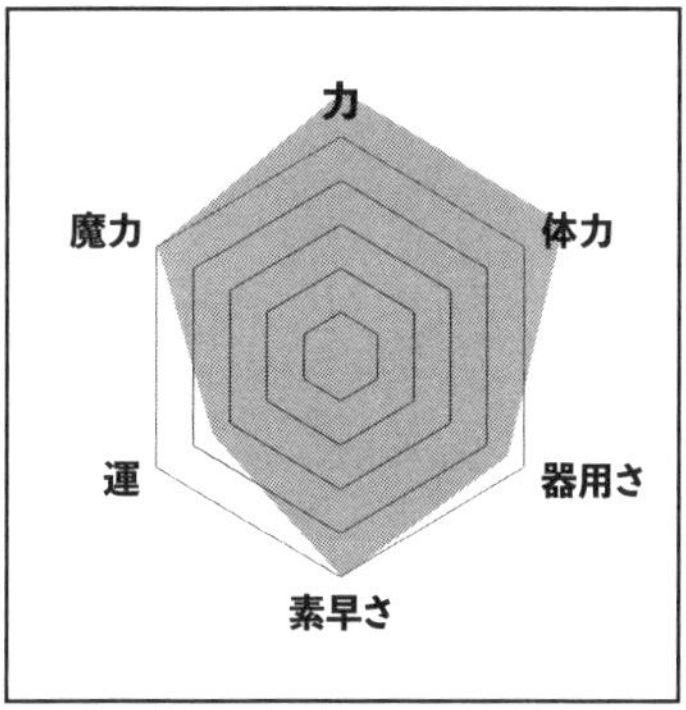

スキル

剣術、槍術、斧術、体術、投擲、双剣術、刀剣術、投擲、身体強化、腕力強化、脚力強化、皮膚硬化、剛腕、竜鱗、ブレス、火魔法、風魔法、土魔法、溶岩魔法、竜魔法(基本的にリザードマンは覚えない)、咆哮、状態異常耐性、自然治癒向上…

特技

演武、木を削って作品を作ることに少々ハマっている

好きなもの

鍛錬、
模擬戦

嫌いなもの

弱いくせに調子に乗る弱者、
ゼルートや仲間を馬鹿にする者

Character Status

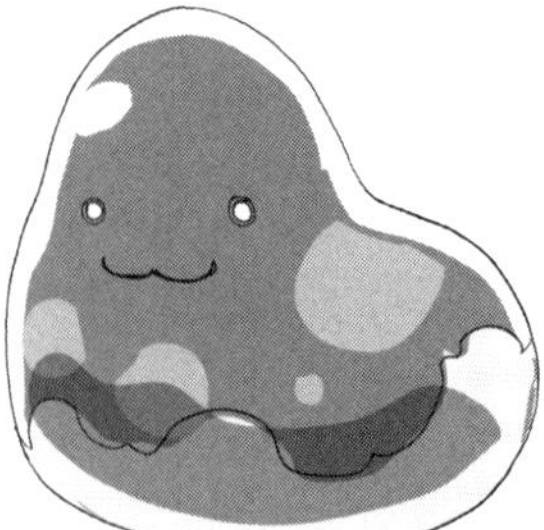

名前

ラーム（スライム）

職業 従魔

レベル 32

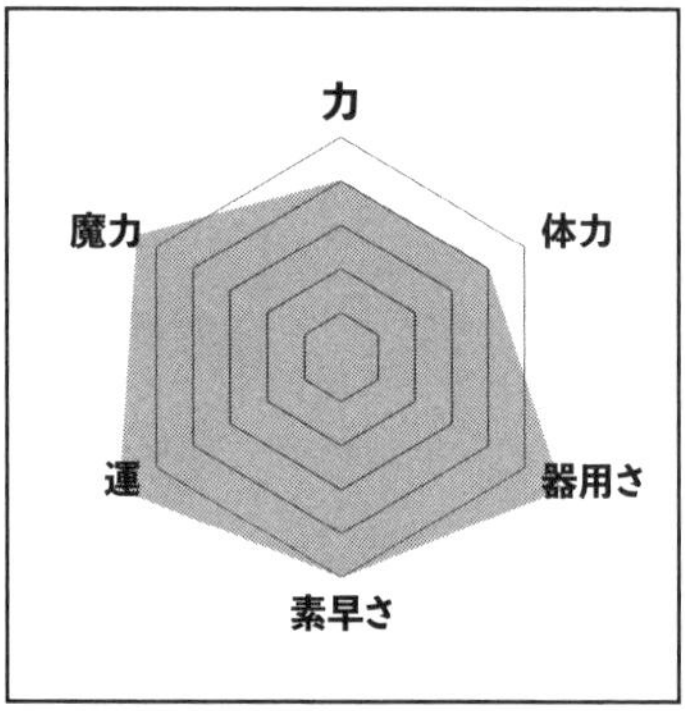

スキル

強奪、吸収、剣術、短剣術、槍術、棍術、斧術、体術、双剣術、投擲、爪術、
腕力強化、脚力強化、皮膚硬化、咬力強化、嗅覚強化、甲殻、酸、針、突進、
竜鱗、再生、飛行、拘束、毒生産、気配感知、皮膚感知、嗅覚感知、熱感知…

特技

相手を拘束すること

好きなもの

ごはんを食べること、
冒険

嫌いなもの

美味しくないごはん、
ゼルートや仲間を馬鹿にする者

Character Status

名前
ラル（ドラゴン）

職業 従魔

レベル 39

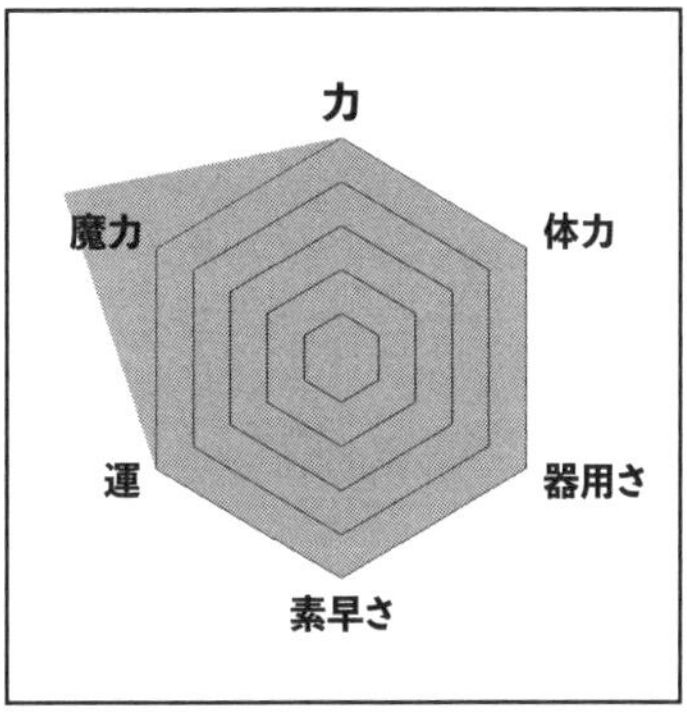

スキル

剣術、短剣術、槍術、体術、爪術、身体強化、腕力強化、脚力強化、咬力強化、皮膚硬化、嗅覚強化、竜鱗、ブレス、雷纏、飛行、火魔法、雷魔法、竜魔法、並列思考、咆哮、サイズ変化、状態異常耐性、採集、料理、裁縫、採掘…

特技

裁縫と採集

好きなもの

料理

嫌いなもの

ゴブリン、
オーク、
ゼルートや仲間を馬鹿にする者

貴族の三男坊の僕、クロウは優秀なスキルを手にした兄様たちと違って、錬金術というこの世界で不遇とされるスキルを授かることになった。それで周囲をひどく落胆させ、辺境に飛ばされることになったんだけど……現代日本で生きていたという前世の記憶を取り戻した僕は気づいていた。錬金術がとんでもない可能性を秘めていることに!　そんな秘密を胸の内に隠しつつ、僕は錬金術を駆使して、土壁を造ったり、魔物を手懐けたり、無敵のゴーレムを錬成したりして、数々の奇跡を起こしていく!

●定価:本体1200円+税　●ISBN 978-4-434-28659-9　●Illustration:ぐりーんたぬき

万能ケミストの超錬成ファンタジー、堂々開幕！

超ブラックギルドで日夜働かされていた錬金術師《アルケミスト》の青年ハンス。彼はギルド長の横暴に耐えられなくなり、ある日ついにギルドを辞めて飛び出してしまう。その時、ハンスに突然前世の記憶が蘇る。彼の前世はなんと、日本のブラック企業で過労死した化学者《ケミスト》だったのだ。化学者《ケミスト》と錬金術師《アルケミスト》……異なる職業だが実は共通点が多い。前世の記憶を活用すれば、高品質のアイテムを錬成できるのではないか？　そう考えたハンスは自分でギルドを立ち上げ、ダンジョンの探索者を相手に商売を始める。ハンスの錬成品は瞬く間に人気となり、やがて彼は街一番のギルドマスターとまで評されるようになる——！

◉定価：本体1200円＋税　◉ISBN 978-4-434-28657-5

◉Illustration：カラスロ

この作品に対する皆様のご意見・ご感想をお待ちしております。

おハガキ・お手紙は以下の宛先にお送りください。

【宛先】

〒150-6008 東京都渋谷区恵比寿 4-20-3 恵比寿ｶﾞｰﾃﾞﾝﾌﾟﾚｲｽﾀﾜｰ 8F
（株）アルファポリス　書籍感想係

メールフォームでのご意見・ご感想は右のＱＲコードから、
あるいは以下のワードで検索をかけてください。
アルファポリス　書籍の感想　検索
ご感想はこちらから

本書は Web サイト「アルファポリス」（https://www.alphapolis.co.jp/）に投稿されたものを、改稿のうえ、書籍化したものです。

冒険がしたい創造スキル持ちの転生者

Gai（がい）

2021年 3月30日初版発行

編集－加藤純・宮坂剛
編集長－太田鉄平
発行者－梶本雄介
発行所－株式会社アルファポリス
〒150-6008 東京都渋谷区恵比寿4-20-3 恵比寿ｶﾞｰﾃﾞﾝﾌﾟﾚｲｽﾀﾜｰ8F
TEL 03-6277-1601（営業） 03-6277-1602（編集）
URL https://www.alphapolis.co.jp/
発売元－株式会社星雲社（共同出版社・流通責任出版社）
〒112-0005 東京都文京区水道1-3-30
TEL 03-3868-3275
装丁・本文イラスト－みことあけみ
装丁デザイン－AFTERGLOW
印刷－中央精版印刷株式会社

価格はカバーに表示されてあります。

落丁乱丁の場合はアルファポリスまでご連絡ください。

送料は小社負担でお取り替えします。


ISBN978-4-434-28660-5 C0093